LA BELLE DE CASA

D1553433

"Domaine français"

DU MÊME AUTEUR

MATHÉMATIQUES CONGOLAISES (prix Jean-Muno, prix de la SCAM, grand prix littéraire d'Afrique noire de l'ADELF), Actes Sud, 2008 ; Babel nº 1054.

CONGO INC., LE TESTAMENT DE BISMARCK (prix des cinq continents de la Francophonie, prix Coup de cœur *Transfuge*/MEET, grand prix du Roman métis, prix littéraire des bibliothèques de la Ville de Bruxelles, prix du public de l'Algue d'or), Actes Sud, 2014 ; Babel nº 1364.

Jeunesse
POURQUOI LE LION N'EST PLUS LE ROI DES ANIMAUX (prix de la Critique de la Communauté française de Belgique 1997), Gallimard Jeunesse, 1996.

L'auteur remercie la Promotion des Lettres – Fédération Wallonie-Bruxelles pour l'aide qui lui a été apportée.

L'auteur et l'éditeur tiennent à remercier Kaoutar Harchi qui a autorisé la reproduction d'extraits de son roman *À l'origine notre père obscur* (Actes Sud, 2014).

IN KOLI JEAN BOFANE

La Belle de Casa

roman

ACTES SUD

à mon père Isasi Iloluka
à mes enfants Véronique Inkoli,
Margaux Kabwanga, Johan, Carla, Issa Isasi

I

VENTS SOLAIRES

Sitôt le drame connu, un même cri retentit dans tout le quartier Derb Taliane : "Ichrak metet !" Ichrak est morte ! Et Sese Tshimanga voulut être celui qui l'annoncerait à Mokhtar Daoudi.

En entendant la nouvelle, celui-ci ne sembla pas surpris.

— Suis-moi, dit-il.

Sese pénétra dans le bureau du policier et ferma la porte derrière lui.

— Assieds-toi.

Cela faisait plus de vingt minutes que le jeune Congolais attendait, sur un banc, le retour du commissaire.

— Ouais, ouais, il est de garde, il fait ses affaires, mais il va arriver, lui avait dit, de derrière le comptoir, un jeune inspecteur bodybuildé en t-shirt Ünkut, affublé comme un rappeur d'une casquette et d'une lourde chaîne dont les maillons renfermeraient des diamants. En compagnie de trois collègues en uniforme, il occupait la nuit comme il pouvait, jouant aux dominos en attendant qu'un crime veuille bien se commettre. Personne n'avait demandé au jeune homme ce qu'il voulait, on le connaissait comme une relation personnelle du chef. Sese avait patienté et, dès que l'officier avait franchi le seuil de la préfecture, il le lui avait annoncé d'un trait.

— Et comment tu sais ça, toi ?

— J'ai vu le corps.

— Où ça ?

— Près de chez elle. C'était terrible, Mokhtar.

Enfoncé dans son fauteuil, le commissaire observait l'expression hébétée de Sese et réfléchissait intensément, en lissant une barbe rase censée égayer un visage massif au nez proéminent. Il secoua sa tête coiffée de courtes boucles poivre et sel :

— Pauvre petite. Et tu es sûr qu'elle est morte ?

— Aussi sûr que je te vois, là, devant moi.

— Je te crois.

Mokhtar Daoudi extirpa son imposante carcasse du fauteuil et soupira :

— On y va, tu m'indiques… Choukri !

— À vos ordres, mon commissaire ! répondit d'une voix de basse le jeune policier musculeux.

Il avait dit cela comme on récite un flow[1], le regard dans l'ombre de la visière de sa casquette.

— Tu gardes la boutique. Je pars avec Sese, il a quelque chose à me montrer.

La Dacia de service quitta la rue Souss, quartier Cuba, tourna à gauche pour emprunter l'avenue Tiznit. Dans l'habitacle, Daoudi et Sese étaient silencieux, ils pensaient à la même chose. Le véhicule passa devant la bibliothèque et le musée de la mosquée Hassan-II, vira encore à gauche, rue Zaïr vers Derb Taliane. La lumière des réverbères

1. Rythmes et rimes dans le hip-hop.

encore allumés se disputait la clarté avec un soleil rouge sombre auréolant la ville et l'aube, commençant à poindre, se levait aussi sur des questions auxquelles il faudrait bien répondre, si Dieu y apporte son concours, bien entendu.

Lorsque Daoudi gara sa voiture dans la rue du poète Adnan, les badauds étaient déjà nombreux au bas des marches de pierre où le corps d'Ichrak semblait avoir chuté. Un silence planait sur la scène. On entendait des chuchotements mais l'atmosphère était au recueillement. Des têtes se tournèrent lorsque Sese et le commissaire claquèrent les portières de la voiture.

— Poussez-vous ! cria Daoudi pour pouvoir débuter son enquête. Si vous salissez ma scène de crime, je fais comment pour trouver des indices ?

On approuva et un passage s'ouvrit, laissant apparaître le corps désarticulé de la jeune femme. Elle ne ressemblait plus à Ichrak, une balafre lui barrait la poitrine et avait découpé son vêtement : une gandoura noire, brodée de fils d'or.

— Aide-moi, ne reste pas comme ça, fit le policier, s'adressant à Sese. Fais-moi bouger tout ce monde.

— Allez, allez, dégagez, il n'y a rien à voir ! intima le jeune homme.

Le groupe de personnes présentes proféra quelques protestations de pure forme, mais on consentit en se déplaçant d'un pas ou deux afin de faire place à l'autorité.

— Oui, envoyez une ambulance, disait celle-ci, le portable collé à l'oreille. Dépêchez-vous ! Vous voulez attendre que tout le quartier soit levé ou quoi ? Vous êtes à côté. D'accord.

Il raccrocha. L'homme regardait le sol autour de lui comme s'il ne savait que faire. À l'aide de son smartphone, il prit quelques photos, puis s'agenouilla pour étudier la blessure au cou de la victime. Examiner la plaie tout en évitant le regard de la morte n'était pas évident pour le commissaire. Il modifia sa position. En joignant les genoux l'un contre l'autre, il se mit dans la posture de celui qui prie. Il exhala un long soupir et on vit nettement ses épaules s'affaisser. Tous les gens présents se rendirent bien compte que c'est la sirène de l'ambulance qui, finalement, sortit le policier de la sorte de torpeur dans laquelle il avait été plongé.

— Tu comprendras que je doive t'incarcérer.

— Mokhtar, tu exagères.

— Qui était un des premiers sur la scène de crime ?

— Moi.

— Quand l'as-tu vue, vivante, pour la dernière fois ?

— Hier soir.

— Alors… C'est la règle, c'est comme ça. Un des derniers à avoir vu la victime vivante, un des premiers sur le lieu du crime : je suis obligé, Sese, ton profil est suspect.

— Mais j'ai un alibi.

— Et tu allais faire quoi, chez elle, à l'aube ?

— On avait une affaire à traiter.

— On va vérifier cela, c'est rien. En attendant, reste tranquille. Tu es innocent ou pas ? Je t'enferme, si c'est pas toi qui l'as tuée, je te relâche. D'ailleurs, tu connais nos cachots, non ?

— Oui, mais Mokhtar, quand même ! Sois sympa. Si c'était moi, je n'aurais pas couru te prévenir. J'ai essayé de t'appeler plusieurs fois, pas moyen de t'atteindre, je suis venu jusqu'à la préfecture, de moi-même.

— C'est vrai. Mais je dois écrire un rapport et une garde à vue, crois-moi, c'est bon pour mes statistiques. C'est pas plus de quarante-huit heures, tu peux bien accorder ça à un ami ? Ma parole, moi-même, je t'apporte des plats cuisinés par ma propre femme. C'est Choukri en personne, mon homme de confiance, tu le connais, celui qui ressemble au chanteur Booba[1], c'est lui qui les portera jusqu'à ta cellule. Tu vas te régaler, tu vas voir.

Les deux hommes étaient en voiture et rentraient à la préfecture, méditatifs. Une ambulance était venue pour emporter le corps à la morgue de l'institut médicolégal. Le commissaire Daoudi avait remonté les quelques marches au pied desquelles on avait retrouvé Ichrak, avait parcouru la ruelle en surplomb à la recherche d'indices possibles et avait ainsi pu repérer et photographier des traces de sang laissées par la victime. Il était ensuite revenu sur ses pas, avait posé les questions d'usage aux rares riverains. En effet, ce côté-ci de la rue n'abritait que des petits dépôts et quelques échoppes de quincailliers qui ouvraient plus tard dans la matinée, le reste de la ruelle présentait de hauts murs sans ouvertures, ce qui expliquait qu'il y avait peu de passage à l'aube. Le commissaire avait ensuite pris des notes et encore des clichés avec son téléphone, avait ramassé quelques mégots qu'il avait glissés dans un sachet en plastique pour justifier

1. De son vrai nom Élie Yaffa, Booba est né à Boulogne-Billancourt le 9 décembre 1976.

de sa charge devant la foule agglutinée, et était reparti en compagnie de Sese Tshimanga, les premiers devoirs d'enquête accomplis avec zèle, officiellement, de façon réglementaire.

La ville s'animait lentement et, dans le quartier, les marchands installaient leurs étals, des voix s'interpellaient, la vie reprenait son cours. Derb Taliane, où la nouvelle de la mort d'Ichrak commençait à se propager, se réveillait d'une nuit qui avait été particulièrement violente, vu la flaque de sang qui séchait au pied des marches de la rue du poète Taha Adnan[1].

*

Une main pâle, tatouée d'indigo, était posée délicatement sur la gorge, cachant un sillon noir, tandis que l'autre, en un poing serré, passait un linge gorgé d'eau entre les seins lourds d'Ichrak. L'eau s'écoulait vers le ventre et les flancs pour se répandre sur la dalle de marbre où était couchée la dépouille de la jeune femme. La vieille Zahira se tenait droite, vêtue d'une gandoura blanche, la tête inclinée sur le côté, les cheveux défaits. Le décolleté de son vêtement s'était décentré et la clarté provenant d'une fenêtre placée en hauteur éclairait une épaule dénudée, une peau flétrie, parsemée d'arabesques bleues. La femme leva la tête en grognant.

— Wili[2] ! proféra-t-elle soudain, et son corps se cassa en deux pour s'effondrer, les bras en croix, sur le cadavre de sa fille unique, Ichrak.

1. Né à Safi, Taha Adnan a grandi à Marrakech et habite Bruxelles.
2. "Malheur !"

Alors un sanglot – très long – fusa du fond d'elle jusqu'à la priver de son souffle. Elle dut, à l'aide des dernières forces qui lui restaient, inspirer du fond de ses poumons pour pouvoir exhaler la plainte suivante qui se précipitait malgré elle à sa gorge, lui dérobant tout l'air. Cela ne s'arrêtait pas. Après un moment, presque vidée, la femme se reprit. D'un revers de manche, elle essuya les larmes qui avaient dilué le khôl sous ses yeux. Celle que l'on appelait Al Majnouna[1] était aujourd'hui condamnée à la lucidité la plus implacable : Ichrak était bel et bien morte. Serrant les lèvres pour tenter de contenir un gémissement continu, atténuer l'étouffement et les remords qui l'étreignaient, la femme plongeait le morceau de tissu dans un seau en plastique et le passait en frottant avec une extrême douceur, avec méticulosité aussi, sur ce corps qui, désormais, ne ferait plus de mal à quiconque parce que la bouche en resterait close à jamais ; derrière les paupières fermées, le regard ne brûlerait plus personne ; la chair figée était maintenant aussi froide que la pierre sur laquelle elle avait été déposée pour y être lavée une dernière fois, avant d'être enveloppée dans un linceul et ensevelie comme il se doit.

*

Quelques mois plus tôt, assis sur son sac au bord d'une route, Sese n'en croyait pas ses yeux. Pourtant, le panneau publicitaire au-dessus de lui ne pouvait mentir : cinq mannequins habillés en hôtesses de la

1. La folle, la possédée.

Royal Air Maroc, foulard genre Hermès au cou, le pointaient du doigt en arborant des sourires éclatants, vantant par leur présence des promotions sur tous les vols avec un slogan en arabe et en amazigh dansant autour d'elles comme des guirlandes. Pas de doute : Sese était au Maroc. Ce paysage ne ressemblait pas à un paysage normand, s'était-il dit, même s'il ne connaissait pas grand-chose à la géographie de la France. Et pourtant c'est bien là que ce salopard de Farès Lefouili – c'est ainsi qu'il s'était présenté – avait promis de le déposer. Sese en aurait pleuré de rage. Il aurait dû se méfier de ce type aux airs de gentil garçon. Le jeune homme n'avait rien vu venir. Ils s'étaient rencontrés à Dakar, à une table du Balajo, un petit restaurant, avenue Cheikh-Anta-Diop, pas loin du port. Sourire trop gentil, voix doucereuse, une tête de bébé, des cheveux bouclés quasi blonds, cela aurait dû éveiller sa méfiance : on aurait dit un Blanc. Ils n'ont pas pitié, ces gens-là, venait-il de se remémorer. Le type s'était dit marin sur un sardinier qui allait appareiller dès le lendemain. Sese venait de lui révéler qu'il comptait rallier l'Europe et qu'il avait fui le Congo à cause des problèmes politiques et de la guerre.

— Tout le monde fuit, de nos jours, même les sardines.

Il lui avait d'abord parlé de la conjoncture économique difficile à cause des bateaux-usines qui écumaient tout sur leur passage :

— Des monstres ! Des Japonais, des Russes… Alors, les sardines, qu'est-ce que tu veux qu'elles fassent ? Elles fuient l'Algérie ! On croyait en trouver par ici, on a juste pêché quelques anchois, des méduses. Quand les pilchards ont vu nos têtes et comment on avait faim, ils sont sortis des filets, ils ont replongé, je te jure. Demain, on se tire. On est venus pour rien. Santé.

L'homme avait levé son verre et bu, Sese fit de même.

— Tu connais Deauville ? avait-il demandé après le troisième verre. Demain, on quitte ici, direct Deauville. Là-bas, il y a tous les poissons que tu veux. Des rascasses, des truites bleues, des mangoustans. C'est en Normandie, à Francia.

— Putain, qu'est-ce que tu me dis là ? avait demandé Sese, déjà excité, les yeux dans les yeux de Farès.

Le jeune homme, ne sachant pas nager, avait tout de suite pensé que c'était l'occasion d'éviter la noyade et la pirogue *made in Sénégal* qu'il avait prévu de prendre pour gagner l'Europe. Les deux hommes avaient alors négocié une place dans la cale du bateau pour un montant de cinq cents dollars et, après quelques salamalecs encore, conclu d'une poignée de main pour quatre cents. Farès avait été élégant et n'avait même pas insisté pour un acompte.

— Sur ma mère, là-bas, tu seras bien ! avait-il ajouté comme une clause à leur contrat. Mon frère Yazid, il travaille à l'ambassade d'Algérie à Deauville, il va t'aider.

— Il fait quoi à l'ambassade ? avait demandé Sese.

— Il fait tout !

Quand Sese avait embarqué, l'Algérien lui avait pris près de la moitié de son argent en dollars. La sorte de cachot qu'il lui avait offerte était un réduit dans la cale du sardinier. Il ne pouvait même pas s'y allonger complètement. Le voyage lui avait paru long, mais finalement il ne l'était pas assez, car une nuit Farès lui ouvrit la porte après lui avoir fait ramasser son sac. Il le pressa le long d'une coursive déserte, puis vers un escalier métallique. Sese était dans l'exaltation : enfin, il avait atteint l'Europe. Depuis longtemps, il appréhendait ce moment où le froid tant commenté à Kinshasa allait le frapper au visage comme un cachet sur un passeport, attestant de son arrivée dans le Grand Nord, mais lorsqu'une porte s'ouvrit à la nuit et aux embruns du large, Sese fut plus que surpris de la bouffée de chaleur qui l'enveloppa brusquement. Il n'eut pas le temps de penser davantage, car Farès, au pas de course, le dirigeait vers une rambarde à enjamber d'où pendait une échelle de corde descendant mollement vers les flots. Sese eut une hésitation.

— C'est quoi ?

— Descends ! C'est pas le moment de poser des questions, les garde-côtes sont pas loin.

— Mais…

Sese fut interrompu net : Farès, d'une bourrade, venait de le faire chuter dans un canot pneumatique aussi flétri qu'un ballon de baudruche après une nuit de fête agitée.

— Prends le bout de bois, là. Tu sais ce qu'il te reste à faire ! cria-t-il pour couvrir le fracas des vagues prenant d'assaut les flancs du sardinier.

Et le type tira sur un bout de ficelle qui libéra le minuscule esquif. L'espèce de piscine pour bébé tanguait dangereusement d'un bord à l'autre.

— Hé ! couina Sese.

Une pagaie était posée sur le fond en toile. Désespérément, le jeune homme se mit à manier l'ustensile de part et d'autre du canot, tentant de garder une trajectoire. La lune éclairait d'une lumière timide ce que Sese devina être une crique. Difficilement, il

accosta sur une plage de galets. Un chemin rocail-
leux remontait vers ce qu'il espérait être une route.
Il marcha dans l'obscurité sans savoir, jusqu'au
moment où la vérité se révéla à lui : il n'était pas
à Deauville, encore moins en Normandie, comme
on le lui avait promis, mais toujours en Afrique
– en l'occurrence quelque part sur une côte du
royaume chérifien.

Depuis son arrivée, il avait pris ses marques, il était
capable de s'exprimer dans un sabir fait de français,
d'arabe et d'un peu de darija[1], et se sentait comme
chez lui. Mais là, à cause de Mokhtar Daoudi, il se
retrouvait en taule sans avoir rien fait, alors qu'il
ne voulait que prévenir les autorités compétentes.

*

— Ah, Vié na ngai. Na barrer Ichrak ? Ata yo
moko. Moto na ngai, Vié[2].

Le jeune homme avait prononcé ces paroles le
visage levé, comme lorsqu'on parle à une divinité
particulièrement influente. Puis, il se laissa tomber
assis sur une dalle de ciment, garnie, si l'on peut
dire, d'un mince matelas qui avait servi à dormir
mais à beaucoup d'autres choses aussi. Le regard de
Sese fit le tour du cachot dans lequel il se trouvait
et maudit intérieurement le commissaire Daoudi.
Lui, suspecté d'avoir tué Ichrak ? C'était n'importe
quoi ! C'était pourtant ce que le policier prétendait,
procès-verbal à l'appui.

1. Langue vernaculaire commune parlée au Maroc.
2. "Ah, mon Vieux, moi, tuer Ichrak ? Vous vous rendez compte ?
Ma personne (mon amie) à moi, Vieux."

Sese connaissait l'homme. La pleine cinquantaine, il estimait qu'il n'avait plus de temps à perdre et que sa carrière méritait mieux qu'une petite préfecture dans un quartier pourri. Il aurait préféré être commissaire chez les riches, pas dans un quartier populaire où les gens n'avaient rien à lui offrir, c'est du moins ce qu'il avait pensé dans un premier temps. À quoi bon les arrêter, s'ils n'avaient pas les moyens de lui graisser la patte ? Il avait tout essayé pour se faire muter, mais depuis les choses avaient changé et on prévoyait des bouleversements dans le coin. Comme tout le monde, il avait été témoin et avait entendu parler d'investissements énormes, du coup sa politique en termes de sécurité avait accompli un virage à cent quatre-vingts degrés. Les arrestations étaient devenues compulsives à Cuba et Derb Taliane. Il s'agissait de prouver à ses chefs qu'il était la meilleure personne pour sécuriser une zone appelée à abriter des milliardaires. Parce qu'à Casablanca, la pauvreté était insolente, elle ne se dissimulait pas derrière un périphérique, elle faisait face à la richesse, celle qui s'affichait par des parois de béton et de verre conçues par des architectes prestigieux. Pour bien faire, il aurait fallu exproprier et raser les dernières masures qui dévaluaient l'environnement, mais les habitants avaient décidé que leur avis comptait. Ils quitteraient les lieux, mais pas sans avoir réussi à grappiller une petite partie de cette abondance qui les narguait. Alors, tout naturellement, ils faisaient du chantage à l'incruste. Le gouvernement avait sans doute commis l'erreur de mal formuler son offre en promettant une somme pour chaque membre d'une famille expropriée qui serait relogée en dehors de la ville. En apprenant cela, on avait sans tarder fait venir du bled tous les oncles, tantes, cousins, cousines, neveux et nièces possibles, afin que chacun profite du pactole qui s'annonçait. Forcément, le budget prévu initialement avait explosé de façon exponentielle. De plus, la rumeur affirmait que ceux qui s'étaient empressés d'accepter les conditions proposées ne s'étaient pas retrouvés mieux lotis, au contraire, citadins jusqu'à la moelle, on les avait délocalisés quelque part dans un paysage qui ne leur disait rien. On était dans l'impasse. Le peuple et l'État se regardaient en chiens de faïence en attendant qu'une solution se dégage mais, inopportunément, la fierté et l'esprit de résistance étaient l'apanage de Derb Taliane, faisaient partie de ses lettres de noblesse, on n'y pouvait rien, ils étaient contenus dans l'ADN de tous dès la naissance. Quartier Cuba, c'était la même chose. Malgré la situation, Mokhtar Daoudi ne désespérait pas ; tous ces gens finiraient bien par partir un jour. Il anticipa, même, et se mit en tête de booster ses statistiques. Lorsque la criminalité faisait mine de baisser, les arrestations arbitraires se multipliaient pour un oui, pour un non. Il s'était promis de devenir le policier le plus performant du pays, pas moins.

Le lendemain, dans les journaux, on écrirait qu'une femme avait été retrouvée morte, que le commissaire Mokhtar Daoudi avait diligenté une enquête et procédé à une arrestation. Dans quarante-huit heures, Sese le savait, il se retrouverait dehors, après avoir enrichi un moment le palmarès du flic. "Mais, quarante-huit heures, c'est encore du temps et du fric perdus", pensait le jeune homme. Déjà que ça n'allait pas très fort… Avant qu'il ne rencontre Ichrak, son chiffre d'affaires n'arrêtait pas de dégringoler. Le charme et la candeur qu'il affichait avec un grand sourire sur les écrans d'ordinateur des femmes en Europe, manifestement, ne suffisaient plus : les virements Western Union n'arrivaient plus qu'au compte-goutte, c'était quasiment la galère.

*

Le jour de sa rencontre avec la jeune femme, il faisait une chaleur aussi lourde que celle qui régnait à ce moment-là dans la cellule. L'air qui soufflait du désert n'annonçait pas seulement un vent de sable, il pouvait aussi apporter la poisse – "Comme maintenant", pensa Sese. Ce fameux jour, il en avait tellement assez qu'il avait décidé de changer de métier. Parce que Sese était ce qu'on appelle un brouteur, un genre de cyber-séducteur africain. Un de ces types – très jeunes, souvent – qui entretiennent une cour avec quelques dizaines, parfois même des centaines, de femmes amoureuses, pratiquant une drague forcenée dans le but de leur soutirer de l'argent en jouant sur les stéréotypes de l'Afrique indigente et sur l'éternelle culpabilité de l'Europe esclavagiste et colonialiste mais en quête de rédemption. Par ce stratagème hautement psychologique, les brouteurs se faisaient plusieurs centaines d'euros par mois, rivés à un clavier, à un écran et à leurs mensonges. Seulement, les rencontres virtuelles n'étaient plus une niche aussi porteuse. La concurrence se multipliait et les sites se faisaient une guerre sans merci dans le domaine du référencement. Alors, Sese s'était résolu à pratiquer l'arnaque au compte bancaire – shayeur[1], il l'avait

---

1. À Kinshasa, vendeur à la sauvette.

déjà fait. Draguer des petites ou de vieilles Blanches en mal d'amour était dans ses cordes et pouvait passer pour une activité d'intérêt public. Sese aimait débiter des phrases pour faire fondre le cœur et la carte bleue de ses proies. "Ti sé, y a qu'toi qui pé faire battre mon kèr comme ça, ch't'assire !", pouvait-il dire d'une voix caressante, peaufinant un accent kinois. Lorsque la donzelle riait, il savait tenir le bon argument et continuait sa séance de séduction. C'était un sentimental, lui, et vider les comptes en banque de gogos contactés par mail, c'était fastidieux, cela faisait beaucoup de dégâts chez la victime, un peu trop avide mais innocente tout de même.

C'est donc en désespoir de cause qu'il voulait se former à l'escroquerie auprès de Dramé, mais ce magouilleur de Sénégalais ne s'était pas montré, ce jour-là.

— Putain de merde !

Revenant bredouille de son rendez-vous, il devait en prime courir pour attraper un bus, soufflant son impatience.

— Tu crois que j'ai toute la vie ? grommela le chauffeur, le doigt sur le bouton de fermeture des portes.

Sese ne répondit même pas. Il acheta un ticket et avança en tanguant dans la travée à la recherche d'un siège vacant.

"Dramé commence à faire le malin… J'ai besoin d'une formation, moi ! Je l'appelle, il ne répond jamais, et quand il me répond, c'est pour me donner des faux rendez-vous : « Viens place des Nations-Unies, on mange un bout ensemble », et il me fait attendre comme un con !" Sese s'était trouvé une place à côté d'une femme qui semblait absorbée par le paysage qui défilait. Le jeune homme ruminait son exaspération, ses affaires ne marchaient pas comme il l'aurait voulu. Il s'interrogeait : son sex-appeal virtuel aurait-il foutu le camp ? "Les salopes se sont sûrement passé le mot sur un quelconque forum qu'un certain Koffi le Grand Ngando[1] – tel était son pseudo – n'est qu'un vulgaire arnaqueur. Il faudra que je vérifie", se disait le jeune homme.

Il en était là de ses pensées lorsqu'à un virage plus vicieux que les autres, il sentit son bassin se déporter vers la gauche. Il dut se retenir au siège devant lui. À ce moment-là, une fulgurance provenant de sa hanche droite déclencha une déflagration dans tout son corps parce qu'à cause de la force centrifuge et des lois de la gravitation universelle, une chair pulpeuse et ferme, dotée de surcroît d'une élasticité diabolique, s'était écrasée contre la sienne et avait brouillé sa perception spatiotemporelle pendant trois ou quatre secondes au moins. La sensation s'arrêta – mais par vagues – lorsque Sese prit conscience que c'étaient la cuisse et la hanche de la femme assise à côté de lui qui avaient été responsables de cette violente turbulence interne. Après le choc, une douce chaleur envahit Sese et son esprit quitta les réalités terrestres pour un temps indéterminé. Alors, des lèvres de la jeune femme s'échappa une voix de basse, chuchotant des paroles au délié emphatique, à la ciselure des plus précieuses, au rythme ondulant telles les crêtes des dunes du désert se découpant juste sous le ciel. "… *D'une longueur*

1. Koffi le Grand Crocodile.

infinie, la nuit ne me procurera aucun repos, ne me délestera d'aucun poids. Bien au contraire elle renforcera ma lucidité et je verrai, comme jamais auparavant il ne m'a été donné de voir, à quel point ma présence, ici, est pourtant ignorée, mes besoins insatisfaits, mes demandes laissées sans réponse, à quel point, aussi, dans cette maison, tout n'est que conflit, lutte et défaite…" Des écouteurs dans les oreilles, la jeune femme récitait un texte qui caressait l'ouïe de Sese. Le chuintement des roues du bus sur l'asphalte résonnait dans sa tête comme un accompagnement sonore en moyenne fréquence. Il ferma les yeux et la lumière, lentement stroboscopique à cause du défilement du paysage, renforça l'envol du jeune homme. La cuisse n'avait pas bougé, au contraire, sa pression s'était accentuée. Une douce quiétude envahit Sese Tshimanga. Il voulait se laisser aller mais il sentit une érection se profiler par saccades et cela l'aida à recouvrer ses esprits. Ne voulant pas se laisser distraire et devenir inconvenant, il se maîtrisa et reprit contrôle des battements de son cœur. La psalmodie se déversait par intermittence, tel un filet de miel, de la gorge de la jeune femme. Pendant que Sese, les yeux fermés, était loin, chacun dans le véhicule était plongé dans les méandres de sa propre réflexion. *"… Sa tête reposant sur mes genoux, je continue, avec délicatesse, à caresser son visage, son cou, son bras. Je lui parle du temps qu'il fait dehors. Ensoleillé, je répète, ensoleillé, malgré l'écoulement de l'eau de pluie le long des gouttières métalliques, malgré l'absence de lumière extérieure, malgré le froid dans la maison. Et sans faire de bruit, je me lève…"* Et le bus filait comme sur un tapis magique. Dans la tête de Sese, en tout cas, il n'y avait aucun doute sur le prodige qu'il était en train de vivre.

— Pardon !

Sese leva la tête et observa sans comprendre la stature de la jeune femme au-dessus de lui. Il se leva précipitamment et la laissa passer. Il avait dû s'assoupir. Elle était arrivée à son arrêt. En regardant par la fenêtre, il constata qu'il était arrivé aussi. Lorsqu'il descendit du bus, la fille emprunta tout de suite l'avenue Tiznit, portant un carton sous le bras. Il la suivit. Dans le bus, Sese n'avait aperçu que le profil de la jeune femme. Un bref instant, il avait pu entrevoir son visage lorsqu'elle s'était levée pour descendre, mais là, il avait devant les yeux sa silhouette que l'on devinait onduler sous la robe descendant jusqu'au sol, colorée de ramages rouge, jaune et vert sur fond turquoise foncé. Les strass ornant des sandales plates apparaissaient à certains de ses pas. Les épaules rejetées en arrière, elle était sculpturale, et on pouvait ressentir la vigueur de son corps aux mouvements du tissu qui arrivait au bout de sa résistance au niveau des hanches. Sese observait le jeu des muscles des jambes mettant une tension sur les fessiers. Le drapé était destiné à dissimuler ce mécanisme subtil, mais les yeux et les sens annexes de Sese se trouvèrent encore une fois pris dans le trouble causé par la fluidité, la force et les émotions que générait la démarche de panthère de la passagère.

— Mademoiselle !

— Qu'est-ce que tu veux, toi ? demanda-t-elle, tournant à peine la tête.

— *"D'une longueur infinie, la nuit ne me procurera aucun repos, ne me délestera d'aucun poids. Bien au contraire elle renforcera ma lucidité et je verrai, comme jamais auparavant...* " Tu aurais pu me répéter cette phrase pendant mille et une nuits, je n'aurais rien dit parce que tu aurais renforcé ma lucidité.

— C'est quoi ? Tu m'espionnes ? lui jeta la femme avec une moue de mépris.

— Te fâche pas, ma sœur, moi c'est Sese.

— Je suis pas ta sœur.

— Mademoiselle, alors ?

— Dis rien, c'est mieux. Regarde comment tu es. Et tu dragues ? Casse-toi !

Et en accélérant le pas, elle l'ignora, la tête droite, poursuivant son chemin. Sese la rattrapa.

— Ma sœur, moi aussi, je suis un poète. Écoute, un poème camer[1].

Et, battant la mesure de la main droite, il débita sur un rythme hyper-précis :

Mon amie, je dis, hein, tu ne me parles pas ?
On t'invite à un njoka et toi, tu fais le style ?
Je wanda sur toi, hein
Mon amie, il y a quoi ?
Si tu n'avais pas envie de njoka
Molla, il fallait rester chez toi !
Coller, coller la petite.
Coller, coller, coller la petite[2]...

— C'est ça que tu me fais ? Et tu oses le dire ! s'exclama-t-elle, un sourcil relevé. Tu es fou !

— J'essaye seulement, ma sœur, ne m'en veux pas.

1. Camerounais.
2. Tube du chanteur camerounais Franko.

25

La jeune femme s'arrêta, observa Sese comme on l'aurait fait d'un extraterrestre dont le gabarit est bien en deçà de ce qu'on imaginait, et elle éclata d'un rire cristallin qui sonna comme une mélodie venue des cieux aux oreilles de Sese. Si le visage de la femme était d'une beauté incomparable, en riant, la perfection de ses traits semblait prendre un brusque coup de projecteur, comme seuls les meilleurs réalisateurs savent le faire. Elle était grande comme les filles du Kasaï et sa chevelure, rassemblée en chignon, la grandissait encore. Une large mèche lui barrait le front et ses yeux en amande semblaient retenir un lac au bord des paupières inférieures. Un pli les ourlait délicatement, sans doute devait-il renfermer le surplus d'émotions que le regard n'ose dévoiler. Des sourcils nets, épais, de longs cils soulignaient ce regard. Un nez droit. Ses lèvres, charnues tels des pétales, avaient la même teinte que la grenade saturée d'humidité, et sa peau, une carnation de cuivre rouge. Dans la chaleur et le soleil qui brûlait tout le décor aux alentours, une vision sublime se matérialisait devant le jeune Congolais. Il oublia le raz-de-marée contre sa cuisse droite et ne sentit plus que son cœur fondre aussi rapidement qu'une banquise filmée en accéléré ; Ichrak était d'une beauté exceptionnelle.

— T'es un malade, toi, dit-elle, reprenant sa respiration. Tiens, rends-toi utile, porte-moi ça.

Et elle lui tendit le carton qui était sous son bras.

— Tu t'appelles comment ?

— Ichrak. Toi, c'est Sese ? Ça vient d'où, ce nom ?

— Attention ! C'est un grand nom. Je suis du Congo. Démocratique. Le grand. Le Zaïre, quoi.

— Tu fais quoi au Maroc ? Tu veux passer de l'autre côté, c'est ça ? L'Espagne ?

— Je voulais pas être ici. Ma sœur, on ne peut faire confiance à personne dans ce monde. Un escroc m'a déposé là, alors qu'il m'avait promis la Normandie. Je devais être débarqué à Deauville, puis TGV Paris, direct. "Tu connais Deauville ?", il me demandait toujours. Le salopard. Je voulais voir Bela, London, Panama[1], pas le Maroc ! J'étais sur un bateau, puis je me suis retrouvé ici.

— Quoi, tu n'es pas content d'être là ?

— Si, mais comprends-moi : si je croyais avoir quitté l'Afrique, c'était pas pour m'y retrouver encore. Surtout malgré moi. Mais je m'adapte, j'ai des projets, c'est pas mal, ici.

— Et tu fais quoi, en attendant ?

— Je suis un poète, je te dis. J'ai beaucoup aimé les choses que tu disais tout à l'heure. Un poète est sensible aux mots.

— Tu ne vis pas seulement de mots. Tu fais quoi, je t'ai demandé.

— Des affaires, répondit Sese, évasif.

— Quelles affaires ?

— J'échange avec des gens sur Internet et ils m'envoient de l'argent.

— Tu parles avec des femmes, c'est ça ? Dis-moi la vérité.

— Ma sœur, je ne fais rien de mal, elles ont besoin de moi, là-bas. Tu sais, en Europe, les gens ne vivent plus beaucoup entre hommes et femmes. C'est moderne, là-bas. Beaucoup d'hommes vivent

---

1. En argot kinois : "Bela" désigne la Belgique ; "London", Londres ; "Panama", Paris.

en couple, j'ai entendu dire. Alors, les femmes, elles font quoi ? Heureusement, je suis là. Le soir, après le boulot et tout le reste, quand il faut un peu de compagnie masculine, elles n'ont qu'à allumer l'ordinateur et j'apparais.

— Et ça leur sert à quelque chose, de parler avec toi ? Tu racontes que des bêtises.

— Moi, je suis seulement là pour les chauffer, quoi. Après, elles n'ont qu'à se débrouiller. Là-bas, chez les Blancs, ils ont des objets qu'ils appellent sex-toys. C'est plus puissant que leurs hommes, il paraît. Ça a de meilleures performances, ça marche avec des piles.

— Arrête de me raconter tes saloperies, c'est dégueulasse, ton business.

— J'ai aussi entendu dire que, là-bas, on pense que les Africains sont surpuissants. Alors la femme n'a qu'à me regarder et me parler sur l'écran et elle a envie. C'est pour ça qu'elles me donnent l'argent.

— T'es pas un peu escroc, toi ?

— Mais non, elles fantasment sur mon visage, sur ma voix. Tu crois quand même pas que je vais donner tout ça pour rien ?

— Tu donnes quoi ? Tu t'es déjà vu ?

Sese baissa les yeux sur sa tenue et trouva que le maillot du Barça, avec écrit dessus "Qatar Airways", sur des jeans et des Nike rouge et bleu, c'était pas mal. En plus de sa gueule d'ange aux dreads courtes, elles n'avaient pas à se plaindre.

— Tu donnes rien et tu réclames de l'argent ? J'aimerais être à ta place.

— C'est facile, ma sœur. Tu dois comprendre que, tout ça, c'est virtuel. J'ai écouté tes phrases, tout à l'heure. Je te jure, si je pouvais parler comme toi, je me ferais des milliers de dirhams par jour. On pourrait faire affaire ensemble, tu serais ma conseillère en communication, en échange je te forme et tu te fais de l'argent.

— Tu n'as qu'à lire des livres, et tu en sauras autant que moi.

— Lire des romans ? Tu sais, moi et la littérature… J'ai pas la patience. Je suis un homme d'affaires, un homme d'action. Il me manque juste une partenaire fiable. Tu habites où ?

— Derb Taliane. Pourquoi ?

— Je suis à côté, quartier Cuba. Je pourrais t'inviter chez moi, on ferait un test. Les gens ont besoin de phrases comme celles que tu dis. Avec ça, ma sœur, je suis sûr qu'ils tomberont comme des mouches.

— Aller chez toi ? Tu crois que je vais comme ça chez quelqu'un que je connais même pas ? Tu me prends pour qui ?

— T'emballe pas, je disais ça comme ça. C'était pour mieux t'expliquer. Avec ce que j'ai entendu, tu peux te faire de l'argent facile, mais pour ça, il te faut un réseau.

Sese regarda à gauche et à droite, comme pour s'assurer que personne ne les entendait, puis il se jeta dans la confidence :

— Moi, j'en ai un. Un solide. Pour que les Western Union tombent, il faut converser mais, à un moment, avoir la tchatche ne suffit plus, les femmes ont besoin de poésie, les hommes ont besoin de voir. Nous serions là, côte à côte.

— Tu te moques de moi ?

— Mais pas du tout, écoute…

Sese déposa le carton au sol pour mieux convaincre son interlocutrice :

— J'ai toutes ces femmes dans mon ordinateur mais, dernièrement, on dirait qu'elles se sont donné le mot et, quand j'insiste trop pour avoir l'argent, elles m'effacent de leurs contacts sans préavis. Il faudrait qu'on mette une case où on clique pour accepter mes conditions avant de me parler. Tu crois que mon langage est devenu limité ?

De fait, la jeune femme en avait été persuadée dès que Sese avait commencé à déclamer son poème foireux : "Coller, coller la petite", c'était n'importe quoi. D'un autre côté, il avait raison, les femmes avaient besoin de poésie.

— Non, cela ne m'intéresse pas.

— Je suis sûr que si tu balances des mots comme ceux que tu dis, n'importe qui devient accro. Et je sais comment faire payer. Les frustrés, ils auront toujours besoin de nous.

— En plus, tu ne les respectes même pas, tes clientes. Tu n'as pas honte ? Je vais par là, dit Ichrak, pointant du doigt une ruelle qui s'enfonçait dans une sorte de labyrinthe multicolore, fait de vieilles maisons aux murs et boiseries patinés par le temps. On se quitte ici, je reprends mon carton.

— Attends ! Donne-moi quand même ton numéro.

Elle sortit un portable d'une pochette en cuir qu'elle tenait, le manipula, lui présenta un numéro sur l'écran.

— Note.

— Cébon[1] ! – Il tapota à son tour. – Dis-moi encore ton nom.

— Ichrak.

1. Graphie et prononciation kinoises.

— Hé ! C'est compliqué. Moi, c'est Sese. Je t'envoie un appel en absence, comme ça tu as mon numéro aussi. N'oublie pas. Si tu entends "Ici, c'est Sese !", c'est moi. Bon, ma sœur, à suivre[1]…

La jeune femme s'éloigna. Le jeune homme ne partit pas tout de suite. Il s'attarda encore un peu, jouant à se donner le vertige rien qu'en gardant les yeux rivés sur la puissance qui se dégageait autour de la médiane allant d'une hanche à l'autre de la belle Ichrak. Retenant son souffle, il se demanda aussi comment une taille si fine pouvait articuler ces formes avec une telle souplesse, tout en leur faisant décrire des ellipses aussi mesurées dans l'espace. C'est seulement au bord de la défaillance qu'il tourna le dos et s'en alla, les sens un peu plus perturbés encore qu'au moment de leur rencontre.

*

— Ah, Vié ! Tala kaka[2].

Toujours assis dans son cachot, le visage et les paumes tournés vers le haut, Sese, encore une fois, prenait feu le président Mobutu à témoin. L'homme était décédé depuis qu'il était enfant mais Sese le considérait comme son mentor, son maître à penser, sa lumière, et il l'invoquait en cas de besoin comme en ce moment. Ne le surnommait-on pas le Guide ? Alors le jeune homme se l'était approprié comme étant le sien propre. Lorsqu'il avait un doute dans sa vie, c'est à Mobutu qu'il s'adressait pour le

1. Comme dans les bandes dessinées, expression kinoise qui se dit lorsqu'on se quitte.
2. "Ah, Vieux ! Constate."

dissiper. Si l'adversité venait à surgir, le maréchal était le sursaut dont il avait besoin. Et lorsque Sese se sentait seul et que la nostalgie s'emparait de lui, Mo Prezo[1] était là pour le consoler. Il était comme un super-héros aux yeux du jeune parce que tout de même l'homme, né Joseph Désiré Mobutu, avait dû ajuster son nom en Mobutu Sese Seko Kuku Ngbendu Waza Banga. Parce que personne ne naît en se nommant Superman, Hulk, Catwoman ou Spiderman. On peut accepter de se faire appeler Clark Kent à New York, Joseph-Désiré à Kin ou Selina Kyle à Gotham pendant un temps, mais après il y a une mission à poursuivre. C'est bien à cela qu'avaient dû s'astreindre les personnages faisant partie du panthéon personnel de Sese Seko Tshimanga, car tel était son véritable patronyme.

Les manifestations de l'idolâtrie de Sese pour Mobutu venaient de loin. De son père, plus exactement. À l'avènement de l'homme fort, celui-ci se trouvait encore à Mbuji-Mayi, dans le Kasaï oriental, et le président venait de libéraliser l'exploitation du diamant. Adolescent à cette époque, le père de Sese s'était mis en tête – comme la plupart des habitants de cette localité – de devenir "diamantifère[2]" et de rouler sur l'or comme le président directeur-général de la Minière de Bakwanga[3]. Ce fut l'occasion pour le jeune Mwamba Tshimanga de ramasser ses premiers dollars, de frimer dans un ensemble en jean Newman qu'un Libanais avait fait venir en stock et vendu à un prix exorbitant, de laver sa mobylette

---

1. "Mon président."
2. Pour "diamantaire".
3. La MIBA, Société minière de Bakwanga.

au champagne devant tous et de se taper toutes les nanas qui le snobaient peu de temps avant. Depuis, son admiration pour le Président-Fondateur n'avait pas fléchi : le recours à l'Authenticité[1], l'instauration d'une nouvelle monnaie, le zaïre, valant deux dollars, la zaïrinisation[2] de tous les biens étrangers et, évidemment, geste que le jeune mobutiste jugeait le plus élégant, l'organisation du match du siècle, Ali contre Foreman, à Kinshasa. Il adopta les préceptes mobutiens qui devinrent sa philosophie de vie. Notamment : "La corruption ? Mais c'est un produit d'importation !", "Le Zaïrois ne vole pas, il déplace", "Du haut des airs, l'aigle ne craint pas la bave du crapaud." Tout cela contribua à grandir le personnage du héros de Kamanyola[3] dans l'imaginaire de Mwamba Tshimanga, et c'est avec de tels principes qu'il put accomplir son ascension dans la fonction publique au sein de la MOPAP[4], à Kinshasa, qu'il avait rejointe avec son épouse, une ancienne condisciple.

Le 24 avril 1990, un cataclysme se produisit dans la vie de Mwamba Tshimanga. Ce jour funeste, après avoir cloîtré la république entière chez elle, Mobutu, à la télévision, en habit de maréchal, le sceptre à la main, une larme à l'œil, déclara devant une salle comble, face au monde entier, qu'il ouvrait le pays à la démocratie, au multipartisme – et des

1. Doctrine mobutienne du retour aux sources de la connaissance et de la réappropriation des identités congolaises, à commencer par un retour aux noms des origines.
2. Comme "nationalisation".
3. Bataille célèbre remportée contre la rébellion muleliste sur le pont de Kamanyola.
4. Mobilisation politique et animation population.

choses du genre – et qu'il démissionnait en tant que président du parti-État. C'est-à-dire qu'en théorie, le président du MPR[1] étant le président de la République, *de facto* Mobutu, en prononçant cela, annonçait en même temps sa démission du poste de président de la République du Zaïre. Le choc que subit Tshimanga ce jour-là se répercuta sur son épouse, enceinte de huit mois et quelques. Les contractions se déclenchèrent immédiatement et l'enfant vint au monde vers les quinze heures trente. Le jeune père, désespéré, sachant qu'il ne supporterait pas l'absence du dictateur, combla ce vide abyssal en nommant son fils Sese Seko, comme Mobutu Sese Seko Kuku Ngbendu Waza Banga. "Plus personne ne sera aussi grand que Mobutu, et mon fils sera là pour rappeler aux Zaïrois des générations futures ces temps où la providence était à nos côtés", affirma-t-il solennellement devant la mère et les deux sages-femmes présentes. "L'exploitation des mines ne sera plus aussi joyeuse qu'à l'époque où chaque mètre le long de la Lubilanji[2] était occupé par une famille, une secrétaire, un écolier, un fonctionnaire, juste après le boulot, un peu avant l'heure de l'apéritif." "Sans lui, des hyènes et des chacals vont montrer leurs museaux", prédit-il encore. "Démocratie !" Mwamba Tshimanga avait longtemps déploré ce mot. Il est vrai aussi que Mobutu, vers dix-sept heures, souriant, détendu, débarrassé de sa tenue de maréchal, la toque léopard à nouveau sur la tête, accomplissait une volte-face

1. Mouvement populaire de la Révolution : le parti-État avec comité central, col Mao et tout le reste.
2. Rivière du Kasaï.

en direct devant les caméras de la télévision française, s'étonnant : "Moi, plus président ? J'ai dit ça ? Tiens ?" Tshimanga n'en trouva l'homme que plus grand. Un véritable chef d'État se doit d'être capable d'un tel revirement, sinon comment participer au concert des nations ? Abreuvé de mobutisme depuis sa tendre enfance, Sese portait son nom avec une fierté extrême. Il ne l'aurait échangé pour rien au monde.

— Vié, na regretter mabe[1]. Si j'avais suivi tes idéaux jusqu'au bout et si j'étais resté prudent avec Ichrak, je n'en serais pas là.

Car, après tout, analysait, Sese, Mobutu avait interdit de regarder les femmes à un point précis de leur anatomie, en supprimant le port du pantalon au profit du pagne, censé être plus seyant pour couvrir les trésors de la femme africaine. L'homme avait de la commisération pour la gent féminine et masculine à l'époque, et il voulait la préserver des regards libidineux, en contradiction totale avec les valeurs de la République. Sese avait trop regardé Ichrak, à cause de cela il n'avait pas pu s'empêcher de l'aborder, pour faire sa connaissance, et maintenant il se sentait perdu sans elle. Dans sa tête, il entendait encore son rire et voyait ce pétillement dans ses yeux lorsque son regard venait à effleurer le sien. Couché sur le dos, Sese remuait des souvenirs. N'ayant tiré qu'un laps de garde à vue, il pouvait se le permettre. Ce n'était rien, se disait-il, il en avait connu, des aléas, depuis qu'il avait quitté le Congo. Pendant tout ce temps, sur son grabat ou debout à arpenter la cellule, Sese pleurait celle

1. "Vieux, je regrette fort."

qui était la seule "pire moto na ye[1]" dans le pays. Il pleura son amie jusqu'à l'épuisement et ne se rendit même pas compte que la promesse de Daoudi de lui faire apporter des repas cuisinés par son épouse n'avait pas été tenue. À cause des torrents de larmes qu'il avait déversés, il eut l'impression à un moment que son corps, qui s'était déchiré plusieurs fois déjà, était désormais aussi craquelé qu'une terre n'ayant plus connu de pluies depuis très longtemps et dont aucun espoir, jamais, ne parviendrait à raviver le sol.

1. Littéralement "la pure personne à soi" , donc grand-e ami-e.

II

GÉOTHERMIE

Chergui déferlait sur le pays et les peuples s'y étaient accommodés de génération en génération depuis des millénaires. Ces derniers temps, pourtant, le vent perdait de sa suprématie sur les terres qu'il traversait jadis. Fort de la dissolution de l'ozone protectrice, le Changement climatique pouvait désormais exposer clairement sa volonté de s'accaparer du pouvoir sur le globe en y mettant tous les moyens nécessaires. Une de ses batailles se menait actuellement au-dessus d'ad-Dar al Bayda', que certains appellent Casablanca : le Changement se servait de Chergui pour dominer la ville et ses habitants en accordant une trêve à Tanger et Essaouira. Son allié majeur, le Gulf Stream, tentait depuis toujours de circonscrire la Terre. Tout ce à quoi Chergui aspire, c'est survoler la Méditerranée en passant par Gibraltar, les Baléares, poursuivre vers la Provence, la Sicile, le Mezzogiorno et accomplir le destin qui lui a été assigné en devenant Sirocco dans ces contrées-là.

Cette fois, pourtant, des turbulences l'en empêchent et le contraignent à tourner sur lui-même au-dessus de la ville comme dans une turbine, cherchant des issues. Dans ce processus, il emmagasine de la chaleur, sans doute aussi des particules élémentaires, et bouleverse ainsi profondément les âmes qu'il régit. Chergui a coutume d'être porté par les vents de l'est, d'Arabie, et ceux du sud, venus du vaste Sahara. À un moment de sa trajectoire, il aurait dû croiser les alizés du nord-est, qui l'auraient aidé à refroidir, mais cela ne s'est pas déroulé comme prévu. Le Gulf Stream, avec le soutien du Changement climatique et du réchauffement global, avait décidé d'agir dans les régions soumises à l'influence de l'anticyclone des Açores, en coupant la route au courant des Canaries, provoquant des montées d'énergie extrêmes au cœur même de Chergui. Celui-ci mettait donc à rude épreuve le système nerveux des êtres, ainsi que tout ce qui y est connexe, telles l'âme et les émotions les plus enfouies.

*

Le commissaire Daoudi raccrocha, rempocha son téléphone et attendit en poussant un soupir, pensant à son boulot qui ne lui laissait pas beaucoup de répit. Même après le service, il était encore de service, surtout à la découverte d'un corps. Les honnêtes gens étaient en train de rentrer chez eux, mais son domaine exigeait qu'il côtoie une autre engeance et c'est durant les heures supplémentaires, prescrites par aucune sourate, qu'évoluaient des types comme Nordine Guerrouj. L'inspecteur n'y pouvait rien : il n'irait pas se reposer tout de suite.

Quelques minutes plus tôt, il avait garé son véhicule le long de la médina, avenue des Forces-Armée-Royales, devant un bar où une enseigne éteinte était sauvée par une autre, ridicule, annonçant en rouge clignotant qu'il était OPEN. Bientôt, un homme ouvrit la portière du côté passager. La jeune quarantaine, beau gosse malgré la cicatrice qui lui entaillait la joue, les cheveux ondulés peignés vers l'arrière, il était habillé d'un jean et d'une chemise slim bleue à petits motifs blancs. Ses pieds étaient chaussés d'élégantes tennis Armani, dans les bleus également. Il s'installa sur le siège de la Dacia et demanda :

— Comment tu as eu ce numéro-là ? Je l'ai même pas depuis deux semaines.

— Qu'est-ce que tu crois, que pendant ce temps je dormais ? Je suis flic, et je suis là en tant que flic.

— Qu'est-ce qu'il y a, commissaire ? D'habitude, c'est avec mon cousin que tu traites. C'est pas bon qu'on nous voie ensemble, toi et moi, c'est pas bon. En plus, tu te gares juste devant mon bar. Et si on nous voit ?

— Si tu veux pas qu'on nous voie toi et moi ensemble tous les jours à partir de maintenant, dis-moi une chose : tu étais où avant-hier soir ?

Nordine Guerrouj resta muet quelques secondes.

— Avant-hier soir quand ? Tu me veux quoi, commissaire ? J'étais chez moi, tranquille.

— On verra ça, Nordine.

— Mais pourquoi tu me demandes ça ?

— Tu connais Ichrak ?

Évidemment, il connaissait Ichrak. Toutes les alarmes se mirent à sonner dans sa tête en entendant le nom de la jeune femme. Daoudi poursuivit :

— Tu sais ce qui lui est arrivé ?

— Oh, commissaire, tu vas pas me coller ça ! Elle est morte, et alors ? Elle savait que faire chier son monde, cette conne.

En effet, Ichrak était comme une épine dans le pied de Nordine Guerrouj. Longtemps, il avait essayé de mettre la main dessus, mais malgré son insistance, ses menaces, elle s'était toujours cabrée, le renvoyant à ses putes. Il avait même décidé de l'ignorer lorsqu'elle passait, ne pouvant supporter son regard qui le tournait en dérision. Elle était de loin la plus excitante mais elle n'était pas comme certaines qui avaient commis l'erreur de tomber amoureuses de lui et qui considéraient qu'après tout Nordine méritait bien de sacrifier une partie monnayable de soi. L'homme ne savait pas de quoi vivait au juste Ichrak. Il avait cru un temps qu'elle se faisait des clients discrètement mais il n'en était rien, elle gardait son corps pour elle. Alors, qu'est-ce que sa mort pouvait lui faire ? Elle était comme un défi à sa personnalité.

— Je t'ai dit que c'était toi qui l'avais tuée ?

— Non, commissaire, tu ne dis rien. Mais si tu crois que j'ai quelque chose à voir avec cette histoire, tu te trompes.

— Mais tu sais des choses.

— Moi, je sais des choses ? Sur ma mère, je sais rien ! plaida-t-il, une main ouverte en signe d'innocence totale.

— Calme-toi, tu sais tout ce qui se passe dans le quartier. Comme moi. Je sais par exemple que tu as commencé à entreposer une marchandise quelque part à Derb Houmane. Tu vois ce que je veux dire ?

Laissant le temps à Nordine et à sa cicatrice de pâlir, il ajouta :

— Tu peux m'aider, comme je t'aide actuellement. Tu as vu mes hommes débarquer là-bas, puis chez toi, devant ta femme et tes enfants, et t'arrêter ? Non, parce que je te comprends.

Nordine scruta son regard pour voir s'il ne plaisantait pas. Il se mit à réfléchir très vite, il ne s'agissait pas de se laisser envahir par la panique. Si le flic avait voulu l'arrêter, c'est à la préfecture qu'il l'aurait convoqué, pas dans sa bagnole pourrie.

— On se comprend, nous deux, répéta Daoudi. Fais un petit calcul à propos de cette marchandise, on se revoit demain et on en rediscute.

— Pas de problème, commissaire.

Nordine était soulagé pour un moment. Lui qui croyait avoir trouvé une cache sûre. La main sur la poignée de la portière, il dit encore :

— On se voit demain, sans faute. Comme tu dis, toi et moi, on s'entend.

— Ne crois pas ça trop vite, Nordine, précisa Daoudi.

— Tu as mon numéro.

Et le voyou sortit du véhicule, plus léger mais pas totalement rassuré. Ce commissaire Daoudi était un authentique enfant de salaud. Debout sur le trottoir, il regarda la voiture du policier déboîter et s'éloigner un peu pour accomplir un demi-tour en direction de la place des Nations-Unies. Nordine cracha par terre pour conjurer tout mauvais sort contre lui et maudit Daoudi en passant :

— Va brûler en enfer !

Le policier n'alla pas aussi loin, ce n'était sans doute pas le moment. Arrêté au feu rouge, il dut faire preuve de patience car, malgré l'heure, un flot d'automobiles se déversait depuis la droite. À gauche, devant la porte principale de la médina, les marchands et leurs étals étaient encore loin de jeter l'éponge. Sur l'esplanade des Nations-Unies, les musiciens de rue, munis de sonos portables plus puissantes les unes que les autres, se partageaient l'espace pour interpréter, devant leurs aficionados, de la musique traditionnelle, du rock, de la R&B ou du Cabrel avec plus ou moins de talent. Les vendeurs ambulants vantaient leurs marchandises au milieu des badauds et des familles venus prendre l'air et assister à l'animation de la ville, entourés du bruit des voitures striant la nuit de leurs feux, blancs devant, rouges à l'arrière.

Au vert, Daoudi enclencha la première, lâcha l'embrayage, démarra lentement. Il continua un peu vers la gauche en direction de l'avenue Houphouët-Boigny. L'obscurité avait pris place et jouait son rôle dans le registre de la convivialité. Les passants étaient toujours aussi nombreux devant les échoppes de souvenirs en fer, en étain, en cuir, en bois, creusés, ciselés, taillés, polis, rabotés, forgés, peints, assemblés selon des techniques venues des temps anciens. Le ciel avait revêtu son manteau bleu cobalt, parsemé des éclats microscopiques de grains de sable. Chergui maintenait une constante pression sur l'environnement, sur les corps et les âmes. À sa façon de secouer le sommet des palmiers, on sentait qu'il voulait exprimer sa puissance en déployant l'allégorie de chevelures de démentes se débattant sans succès sous l'emprise de quelques démons impitoyables. Il y avait eu une petite accalmie depuis l'aube où on avait découvert le corps d'Ichrak, comme si, après ce passage dans le quartier, il était épuisé d'avoir accompli une tâche aussi colossale que celle de faire assassiner une jeune femme, quelque part, au mitan de la nuit.

Daoudi roulait au pas, se maudissant intérieurement de succomber à l'attraction du vent qui cette année n'épargnait pas Casablanca. La tempête était venue des confins du désert d'Arabie, avait balayé le Soudan, la Guinée, le Mali, le Sahara. C'était un vent oppressant qui mettait à rude épreuve les émotions, et les neurones pouvaient s'entrechoquer lorsqu'il se déployait. Daoudi ne se reconnaissait plus, ces jours-ci. S'il avait choisi ce métier, c'était parce qu'il avait misé sur son sang-froid, qui jamais ne lui avait fait faux bond. "On peut échapper à l'attraction de Chergui, bien sûr, pensait Mokhtar Daoudi, mais parfois ça peut se compliquer méchamment." Surtout alors que, comme il le constatait, la mort d'Ichrak l'avait éprouvé plus que de raison. Toute sa chair frémit à l'évocation de la jeune femme, il réalisa avec terreur que plus jamais il ne ressentirait ce feu qu'il avait éprouvé face à elle. L'homme eut un gémissement, comme un pleur d'enfant. Que n'aurait-il donné pour revivre cela ? Sa poitrine eut un violent spasme mais il se reprit avec effort.

La première fois qu'il l'avait vue, il venait d'être affecté au quartier en tant que commissaire. Ce nouveau poste était censé être une promotion mais le policier ne le voyait pas de cet œil-là, car auparavant il était affecté à la surveillance de ceux qui pouvaient constituer une nuisance pour les touristes, les pickpockets et autres, et il lui arrivait d'en tirer des avantages, soit chez le touriste lui-même, soit chez le délinquant – à condition que celui-ci ait prouvé son audace, bien entendu. Les quartiers Derb Taliane et Cuba, où il sévissait actuellement, n'étaient pas très attractifs pour un type qui aspirait à une ascension sociale accompagnée d'un certain confort matériel. Les infractions qui s'y commettaient étaient des crimes à la petite semaine : vol à la tire, rixes diverses, parfois un coup de couteau. Dernièrement, un type que l'alcool avait fini par avaler, armé d'un sabre, s'était pris pour un ninja doublé du Scarface Tony Montana, et il s'était mis à menacer tout un tronçon de sa rue. Ses hommes étaient d'abord intervenus en douceur, avec des "houya[1]" et des gestes de compréhension de la paume, mais il en avait blessé un après l'avoir désarmé. Il n'y eut d'autre choix que l'envoi de l'inspecteur Lahcen Choukri. Celui-ci débarqua avec une escouade de cinq hommes ; deux bloquant la circulation, les trois autres postés juste derrière lui, comme il l'avait visionné dans un clip. Au milieu de la rue, le bras à l'horizontale, il pointa l'index vers l'élément dangereux, et lui envoya à la face une punchline de Booba pris dans *Garde la pêche* :

Si t'es sérieux, t'es mon prisonnier, handek[2] !
Sinon, t'es ma pute
Périlleuse est la street
J'ai un gun dans mon fut', handek !

L'audacieux, ne sachant à qui il avait affaire ou se croyant dans une battle[3], avait fait mine de s'avancer en répliquant : "J't'emmerde !", comme MC Gab1 dans son hit *J't'emmerde*. Choukri n'hésita pas : il dégaina et, aussi rapidement que le poinçonneur des Lilas, il envoya deux balles dans l'épaule

1. "Cousin."
2. "Attention !"
3. Confrontation faites de rimes entre rappeurs.

de l'insensé, suivies de deux autres, vite fait, dans les jambes, s'évitant ainsi de le tuer. L'islam interdisait la boisson, bien entendu, mais de là à exécuter le contrevenant, il y avait un pas que les hommes de Mokhtar Daoudi ne franchissaient pas à Derb Taliane. Le commissaire était fier de la discipline inculquée à ses gars. Bref, tout cela était dans l'ordre des choses, mais rien qui puisse nourrir convenablement un carnassier de la taille de Mokhtar Daoudi. La compensation évidente était qu'en tant que patron de cette préfecture, il avait commencé à goûter au pouvoir absolu ; les hommes qui se mettaient au garde-à-vous au moindre de ses mouvements, une voiture de fonction, mais surtout le respect que lui témoignaient les commerçants du quartier, en nature sonnante et trébuchante ou autrement. Alors, forcément, il avait été ébranlé lorsqu'il avait buté sur Ichrak en sortant de son bureau. À son injonction "Tu peux pas faire attention ?", la belle avait répondu avec la plus grande des effronteries :

— Tu me rentres dedans, et c'est moi qui dois te demander pardon ? Tu es qui ?

Ce "Tu es qui ?" l'avait littéralement cloué sur place. La jeune femme avait continué son chemin en murmurant une insulte qu'il avait cru comprendre.

— Toi, viens ici !

Elle s'arrêta, mais Daoudi dut faire deux, trois pas vers elle.

— Tu sais qui je suis ?

— Je sais seulement que tu es quelqu'un qui m'a bousculée, et m'a mal parlé.

— C'est moi, le nouveau patron, ici, dit-il, le pouce pointant derrière lui l'enseigne "Préfecture de Police".

— Et alors ? Ça ne te donne pas tous les droits.

Mokhtar sourit.

— Dis donc, tu es insolente, toi.

— Je suis pressée, surtout. Je dois y aller, maintenant.

La jeune femme tourna les talons et s'éloigna. Mokhtar Daoudi observait sa démarche. Elle était vêtue d'une gandoura fuchsia. Sa silhouette ondulait comme la fumée enivrante d'une chicha mais son visage, et surtout le feu de son regard, commencèrent à hanter le policier dès cet instant. Ses paroles avaient été désagréables mais l'homme aimait cette sensation électrique que la jeune femme avait laissée le long de sa moelle épinière. C'était une panthère, et sa morsure se faisait sentir. Mokhtar appréciait ce genre de caractère fort. C'était presque une provocation, à lui directement adressée. Désabusé sur beaucoup de choses, il tenait là un sujet de questionnements sans fin, de quoi occuper dorénavant son esprit. Il savait qu'il allait la revoir. Le domaine qu'il contrôlait ne lui avait-il pas été donné ? Cette femme était un morceau de roi. Il le sentait, son flair d'investigateur le suggérait à sa virilité.

*

Beaucoup auraient donné un bras pour posséder une femme de la beauté d'Ichrak, continuait à réfléchir le commissaire Daoudi. Avec un tel tempérament, nombreux auraient perdu la tête à cause de paroles assassines sortant de sa bouche. Une raison qui aurait pu la conduire à la mort. Pour un être aussi impulsif et dominateur que Guerrouj, un refus pouvait constituer un motif très valable d'aller jusqu'au bout d'un geste. Il avait hésité, avant de répondre à sa question sur la façon dont il avait passé la nuit du meurtre, mais le policier n'avait pas voulu insister, on verrait bien plus tard. Nordine Guerrouj contrôlait pas mal de choses dans le périmètre de l'ancienne médina. L'homme avait sûrement fait pression sur Ichrak, vu l'attirance qu'elle exerçait. Il avait certainement tenté de la faire travailler dans son bar miteux, comme il l'avait déjà fait avec beaucoup d'autres. Daoudi savait qu'ils se connaissaient. La jeune femme l'avait sans doute éconduit un jour ou l'autre, et Nordine n'était pas du genre à laisser tomber facilement.

L'avait-elle rencontré cette nuit-là ? Ou un autre de son genre ? Avec lequel elle aurait été insolente une fois de trop ? Une discussion avait peut-être mal tourné. La blessure qu'il avait examinée ressemblait à un coup de couteau porté de haut en bas en diagonale. La lame avait tranché net la carotide, et balafré le haut de sa gandoura. Égorgée, elle avait fait encore quelques pas, vu les traces de sang, et était tombée au bas des marches de la rue du Poète, où on avait retrouvé le corps. Le caractère d'Ichrak pouvait susciter des sentiments de violence. Personne n'était parvenu à posséder la jeune femme, le policier en avait fait l'amère expérience. Ichrak attirait les hommes comme une idole particulièrement cruelle, méprisant ceux qui auraient eu la malencontreuse idée de se jeter à ses pieds et de l'adorer. Daoudi, pour sa part, aurait aimé ne l'avoir jamais rencontrée.

*

Sese avait les nerfs. Il sortait du cachot et, comme dans une blague, son domicile était situé à juste une centaine de mètres de là. Il aurait tout aussi bien pu dormir chez lui et revenir à la préfecture le matin pointer mais pour se voir autoriser cela, il fallait au moins être un Sarko[1]. Sous la royauté, un tel privilège ne pouvait même pas s'envisager. Une garde à vue de quarante-huit heures aurait dû s'achever à l'aube, mais Daoudi ne s'était présenté au bureau que vers les neuf heures. L'inspecteur Choukri avait refusé de relâcher Sese avant, prétendant que le patron était parti avec les clés de sa cellule. En plus, les poings le long du corps, la tête inclinée, il lui avait calmement assené : *"Trente mois ferme dans les chicos / T'es au hebs[2] comme à la maison"*, des vers de Booba dans *Lunatic*. Sese était plus qu'exaspéré.

La rue Souss et le boulevard Sour-Jdid, jusqu'à la pompe à essence où les Petits taxis rouges commençaient à s'approvisionner, ne l'avaient pas attendu pour saluer le soleil. Le minaret baigné de lumière de la mosquée Hassan-II, du haut de sa bienveillance, ainsi que le chant du muezzin planant dans l'air lui rappelaient l'éternité pendant que des grappes de gens discutaient partout sur les trottoirs. On sentait que la journée ne faisait que commencer. Les gestes étaient indolents, les accoutrements tenaient encore du pyjama et de la babouche, on avait sorti la gandoura molletonnée à motif zèbre. On calculait, on mettait en place des plans pour nouer les deux bouts du quotidien. On demandait si chacun était bien

1. Nicolas Sarkozy de Nagy-Bocsa : né le 28 janvier 1955 à Paris 17ᵉ, président de la République française du 16 mai 2007 au 15 mai 2012.
2. "Prison."

réveillé et s'il allait bien. On posait même la question une demi-douzaine de fois pour en être sûr. Autour de la charrette d'un maraîcher, garée à un coin, les acheteurs soupesaient les mandarines les plus sucrées au monde, les bottes de carottes, d'énormes tomates et pommes de terre. Les enfants, comme des bookmakers, négociaient les billes pour la partie du soir qui allait squatter tout le carrefour. Les ligablos[1] attiraient les clients en nombre pour l'achat du pain, la préparation du petit-déjeuner. Sese arriva devant la terrasse couverte du Café Jdid, ne s'arrêta pas.

— Alors, Sese, tu étais où ? On t'a pas vu depuis deux jours.

Il ne daigna pas répondre. Le jeune homme venait de sortir du cachot et n'était pas d'humeur à plaisanter, il grogna quelque chose d'inintelligible et dépassa la terrasse pour rentrer chez lui. La parcelle où il habitait se trouvait à l'arrière de l'établissement où des hommes prenaient leur thé en discutant, jouant aux cartes ou aux dominos. Ceux qui l'avaient interpellé étaient occupés à disputer une partie.

— Qu'est-ce qu'il y a ? Tu ne réponds plus aux copains quand ils te saluent ?

— Tu fais quoi, Mekloufi ? prononça Si Miloud. Laisse-le. Son amie vient de mourir, c'est normal s'il n'a pas envie de rigoler. Pardonne-lui, Sese, il n'était pas au courant pour ta copine. On le lui a dit, mais il réalise pas encore.

Le jeune homme avait déjà disparu.

— Merde ! Elle est morte ?

Mekloufi resta pensif quelques secondes puis poursuivit :

1. À Kin, étal ou petite boutique où l'on trouve de tout.

— C'est vrai, Si Miloud, tu as raison, cette fille vaut bien une minute de silence. Là, je fais le malin, mais quand elle passait devant cette terrasse, wallah[1], qui pouvait encore parler ?

Et la minute de silence se fit, juste à l'évocation de la défunte. Comme on le voit, le balancement des hanches d'Ichrak avait laissé une trace indélébile dans l'âme des joueurs de cartes du Café Jdid.

Si Miloud, celui qui parlait comme un modérateur, avait été longtemps fonctionnaire auprès du ministère de la Justice mais il passait pas mal du temps de sa retraite en compagnie de Mekloufi au Café Jdid. Les deux, logiquement n'étaient pas faits pour s'attabler ensemble, car ce dernier avait, des années durant, vécu en organisant des convois entre la région de Ketama et Marseille, Paris ou Bruxelles. Le commerce du haschich était lucratif mais il l'avait payé par des séjours plus ou moins longs dans des geôles au pays, un peu en Espagne, un peu en France. Ces contretemps l'avaient définitivement calmé et l'avaient incité à s'autoriser une retraite anticipée après l'achat de deux ou trois appartements au nom de sa femme et de ses enfants. Les seuls risques qu'il prenait encore, c'était avec des cartes en main, face à Si Miloud et à deux autres protagonistes : Abdelwahed, un taximan, célibataire endurci, qui préférait rouler la nuit et passer ses journées en compagnie de ses acolytes ; et Ramdam, un vieux, un peu plus jeune que Si Miloud, qui possédait une boutique de matériel électrique pratiquement en face de l'établissement dont il pouvait donc surveiller les allées et venues tranquillement.

1. "Par Dieu."

La terrasse du Café Jdid n'était pas seulement un lieu de convivialité, mais aussi un poste d'observation privilégié.

Lorsque Sese franchit la porte de sa parcelle, des enfants se précipitèrent sur lui comme une volée de moineaux. Il s'agissait de ceux de sa logeuse, Mme Saïda Bouzid, veuve de militaire, qui louait deux chambres donnant sur une cour. "Une balle perdue, au Sahara occidental", avait-elle coupé court, évoquant feu son mari. La bande de gosses constituait la garde rapprochée de Sese lorsqu'il était chez lui. Ils le harcelaient sans arrêt. Pour s'en débarrasser, il fallait s'y prendre à plusieurs reprises.

— Tu étais où ? demanda Mounia, la plus âgée. Ihssan t'a cherché partout.

Sese se dirigeait vers sa chambre mais s'arrêta et baissa le regard vers la petite Ihssan qui le contemplait, un sourire réjoui aux lèvres, les yeux brillants. Sese ne résista pas et la prit dans ses bras. Sa colère contre Daoudi disparut immédiatement.

Sese était seul dans le pays et Mme Bouzid et ses enfants constituaient un peu la famille qui lui manquait. Il y avait la grande, âgée d'une douzaine d'années, ses frères Tawfik, dix ans, Bilal, huit ans, ensuite la petite Ihssan quatre ans. Elle était sa préférée et lui vouait une admiration sans bornes, sans doute à cause de ses locks dans lesquelles elle aimait fourrer ses doigts.

— Ça va, ma belle ? Tu m'as attendu ? – La petite hocha la tête et, tout de suite, s'intéressa à un nœud dans ses cheveux. – Tiens, regarde ce que je t'ai ramené… – Sese lui tendit un bonbon qu'il sortit de sa poche. – Attends, je te le déballe.

À peine dans sa main, elle l'engouffra dans sa bouche.

— Et nous ? s'écrièrent les plus grands en le prenant littéralement d'assaut.

— Du calme, du calme, tenez.

Et il leur fila à chacun une friandise. Depuis qu'il habitait là, les enfants exigeaient quelque chose, n'importe quoi, au retour de ses escapades, pour qu'il leur prouve qu'il avait pensé à eux dans la journée.

— Tu étais où, Sese ?

Le jeune homme se retourna vers une femme au corps opulent. Ses cheveux défaits formaient une crinière noire.

— Je t'expliquerai plus tard, Lalah Saïda. Je suis un peu fatigué.

Le jeune Congolais venait de répondre à la mère des enfants, la veuve Bouzid. Après avoir déposé la petite, il s'éclipsa vers sa chambre. La dame le suivit du regard, les mains sur les hanches, les sourcils froncés, s'interrogeant.

"Qu'il se repose, pensa-t-elle, il en a besoin. Il me racontera lui-même."

— Joue, c'est ton tour. Tu rêves à quoi ?

— Je rêve à quoi ? Mais vous êtes sans cœur. Rien ne passe plus ! s'exclama Mekloufi en tenant sa gorge entre le pouce et l'index. Regardez ce thé, ajouta-t-il, pointant son verre du doigt, zarma[1], je parviens même plus à avaler une goutte. Miskina[2] ! Je pars à Rabat trois jours pour visiter mon cousin, je reviens et on joue, là, comme s'il n'y avait rien.

1. "Genre."
2. "La pauvre."

Si Sese n'était pas passé, je serais le seul à Cuba et Derb Taliane à ne pas savoir, pour la petite. Morte ! Assassinée, en plus ?

— On avait juste oublié, rétorqua Si Miloud. Mais, doucement, on n'a pas encore la preuve que c'est un meurtre, ce n'est peut-être qu'un accident. L'enquête est en cours, il faut laisser faire la justice. Et puis, avec la vie qu'elle menait, moi, ça ne m'étonne pas.

— La vie qu'elle menait ? C'est pas toi qui donnes la vie, Miloud, laisse Dieu, seul juge, lui renvoya Mekloufi.

— Comment elle aurait fait pour ne pas vivre la vie qu'elle menait, insista Abdelwahed. Vous avez vu les formes qu'elle avait ? Quand elle marchait on aurait dit…

— Respecte les morts, intervint Ramdam, qui habitait le quartier depuis toujours. Ne parle pas d'elle comme ça. Tu es trop jeune, tu ne sais rien. C'est sa mère. C'est par elle que tout commence. Elle n'en est que le fruit. Si vous croyez qu'Ichrak était belle, fallait voir la splendeur de sa mère. Si vous pensez qu'Ichrak était incontrôlable, vous n'avez rien vu si vous ne connaissiez pas Zahira. Quand ça la prenait, elle parcourait les rues de la médina, les pieds nus, l'imprécation à la bouche, maudissant quiconque oserait poser le regard sur elle. Parce que, parmi ceux qui la méprisaient, certains avaient connu sa couche. Beaucoup étaient tétanisés à l'idée qu'elle puisse un jour dénoncer des choses devant tous. Alors, quand Ichrak est née, qui aurait été assez insensé pour avouer qu'il avait connu la volupté dans les bras d'une folle exposée à tout vent ? À cause de cela, nul ne peut dire qui est son père. C'est vrai, on a des doutes sur certaines personnes, c'est sûr...

— On a déjà arrêté quelqu'un ? demanda Mekloufi.

— Tu rigoles, une fille comme ça, elle fait tout pour s'attirer des ennemis. Elle avait la langue trop bien pendue, minimisa Si Miloud. Ils vont chercher longtemps, croyez-moi. En plus, nous vivons une période difficile. Écoutez : comme vous le savez, j'ai de l'expérience en matière de justice, j'ai fait mon enquête, et je peux vous assurer une chose : Chergui[1] n'a jamais soufflé comme il souffle ces jours-ci, à Casa, on n'a pas encore assisté à ça.

— C'est vrai, approuva Ramdam. Moi qui suis sensible, je vous jure, je le sens.

— Sensible, toi ? Tu rigoles ? Tu es plus sensible que qui ? Tu as vu le prix d'un mètre de câble dans ta boutique ? se marra Abdelwahed.

— Ça n'a rien à voir. Bien sûr, je suis sensible. Même ma femme, elle a perdu un peu de sa douceur à cause de Chergui. Elle n'arrête pas de me harceler sur toutes sortes de sujets : l'argent, l'argent pour la maison, l'argent pour les enfants...

— Ne riez pas, il a raison, insista Si Miloud. Cette fille, elle a été assassinée, vous dites ?

L'homme observa un silence, scruta le regard de chacun et questionna :

— Et aucun d'entre vous ne se demande dans quelle mesure ce vent est responsable ? Il peut rendre fou. On a déjà vu des cas plus étranges ailleurs. Il y a quelques années, il y en a eu un, au tribunal de Marrakech. J'étais pas là, mais j'ai entendu dire...

1. Vent du désert.

— Tu vas raconter n'importe quoi, joue ! l'apostropha Mekloufi.

— Oh, je raconte pas n'importe quoi, pardon, j'ai fait des études, moi. La faculté.

— Moi aussi, rétorqua, Mekloufi, qu'est-ce que tu crois.

— Toi, des études ? Où ? Quelle université ?

— En France. Aux Baumettes[1]. J'ai été malin, j'ai profité d'un programme quand j'étais en prison là-bas.

Devant le regard consterné de Si Miloud et des autres, il rétorqua :

— Quoi ?

— Tu as raison, je préfère jouer que d'entendre ça, mais c'est ton tour, je viens de jouer.

1. Prison marseillaise.

III

NUAGES

À Derb Taliane, les ruelles se perdent jusqu'à la médina et n'offrent que des surprises. C'est un enchevêtrement de boyaux qui prennent des courbes inattendues, qui rétrécissent brusquement. Les angles droits n'ont pas cours selon les règles d'urbanisme, en ces lieux. Pour entrer dans ces rues, il faut une boussole et un visa, un air assuré et en même temps rassurant. Malgré la pratique anarchique de la construction, on sent une rigueur régner dans les schémas de pensée ; il faut du temps avant d'apercevoir le vert et le blanc du Raja Club Athletic au bas d'un mur, car c'est le rouge et le bleu du Wydad Athletic Club de Casablanca qui ont droit de cité. Les seuls clubs de football admis dans le coin sont ceux dont le logo est imprimé sur un t-shirt à Ain-Sebaa[1] : Barcelone, PSG, AC Milan…

Après avoir fait la connaissance de Sese, ce jour-là, et l'avoir quitté, Ichrak avait emprunté des ruelles aux parois multicolores puis un dédale ceint de hauts murs peints en bleu, percés de-ci de-là d'ouvertures étroites pour les fenêtres ou les portes. La lumière venue du haut donnait l'impression, à cause de la

1. Zone industrielle à la périphérie de Casablanca.

teinte sur laquelle elle se reflétait, de parcourir un chemin menant vers une sorte de ciel.

"Qu'est-ce qu'il était bizarre, ce type", s'amusait-elle, pensant au jeune Congolais. Bien qu'il se soit montré un peu trop audacieux à son goût, il l'avait intriguée et était ainsi parvenu à se rattraper au point d'obtenir son numéro de téléphone. Ichrak ne comprenait pas comment il avait réalisé cette prouesse. Elle lui avait fait confiance d'emblée, alors que ce n'était pas son habitude ; sans doute parce qu'il mentait avec tellement de conviction. Et puis, ce business de cyber-séduction, comment avait-il pu lui proposer un truc pareil ? Elle se dit qu'au cas où ils se reverraient, elle ne se laisserait plus prendre à son jeu mais, tout de suite, elle se rappela sa tête lorsqu'il récitait son poème bizarre sur la façon de "coller la petite" et ne put s'empêcher de rire intérieurement. C'est en tentant de réprimer un sourire qu'elle poussa la porte de chez elle, couleur azur, elle aussi. La jeune femme pénétra dans une pièce où, sur une des couches alignées le long des murs, dormait une femme d'un certain âge.

— Ima[1] ?

Elle ne bougea pas. Sa respiration était régulière. Le petit salon disposait d'une seule fenêtre donnant sur un escalier menant à une terrasse sur le toit. Des ouvertures pratiquées près du plafond délivraient un peu plus de clarté. Ichrak se dirigea vers une chambre où était posé par terre un grand matelas. Le crépuscule venait de tomber et elle alluma une lampe recouverte d'un tissu transparent de teinte orangée.

1. "Mère."

Elle brûla ensuite un peu de thiouraye[1] puis, après avoir baissé une fermeture éclair, se débarrassa de la robe de toutes les couleurs d'un seul geste par-dessus la tête, dégrafa son soutien-gorge. L'éclairage faisait jouer des ombres couleur mandarine sur les murs et les objets. Après avoir enfilé une tunique plus légère en fin coton blanc et défait ses cheveux, Ichrak se laissa tomber sur le matelas en s'emparant de sa pochette en cuir. Elle en tira le lecteur MP3, enfila les écouteurs. Elle mit en marche le petit appareil et laissa sa tête retomber sur les coussins. *"… Dans le reflet des vitrines des échoppes, je me suis vue mettre mes pas dans les pas de cet homme, le sac à main frôlant mes hanches. Et lui me parlait et moi j'acquiesçais de la tête. Je voyais ses lèvres remuer, je percevais le son de sa voix mais je ne comprenais pas le sens des mots qu'il prononçait. Toute mon attention était concentrée sur ma poitrine. Je sentais mon cœur battre, grossir, se charger d'une matière si lourde, si brûlante et cette matière dans tout mon corps se répandait…"*Très vite, Ichrak se laissa emporter par le texte. La voix de la comédienne était grave, les mots sortaient de sa gorge avec précision mais, par moments, l'émotion perturbait son débit qui s'accélérait. Ichrak aimait se confier à la mélodie des mots. Le délié des phrases était le fil qu'elle pouvait suivre aveuglément, n'en attendant qu'émerveillement. Même si parfois elle ne comprenait pas tout, l'esprit que le texte transmettait se suffisait amplement à lui-même. Petit à petit, ces voyages à travers l'immatérialité étaient devenus essentiels dans la vie de la jeune femme. Elle pouvait se laisser aller à écouter

1. "Encens."

la voix pendant des heures. Elle connaissait certains des passages par cœur et les répétait à haute voix ou en elle-même, comme on le ferait d'une prière. À un moment, instinctivement elle retira les écouteurs de ses oreilles. C'était sa mère dans la pièce d'à côté, qui s'était réveillée.

— Ichrak !

— Dors, maman, je suis fatiguée.

Elle reposa la tête. Ces jours-ci, elle avait pris ses médicaments, elle allait bien, pensait la jeune femme. Zahira n'avait pas toujours eu sa tête à elle mais, avec l'âge et un diabète qui s'était développé, son psychisme partait en vrille et elle entrait dans une sorte de schizophrénie qui désorientait complètement sa fille. Elle ne la reconnaissait plus. Zahira devenait violente et de sa bouche ne sortait plus que du fiel. La cruauté de ses mots blessait Ichrak pendant des jours et ne faisait qu'accentuer les interrogations auxquelles elle cherchait à trouver des réponses depuis sa naissance. Pour éviter ces crises, elle devait administrer de façon régulière une certaine molécule à sa mère. Le produit coûtait cher, il engloutissait tout ce qu'elle pouvait gagner. Ces derniers jours, il semblait que la pathologie s'aggravait. Les anciens disaient que, lorsque Chergui se manifestait, il valait mieux ne pas sortir, ne plus respirer ni même écouter, parfois, de peur d'attraper un mal. Ichrak n'était pas superstitieuse mais l'état de sa mère l'inquiétait de plus en plus. Jusqu'où cela irait-il ?

Dans son carton, elle avait rapporté des sachets de cellulose – depuis peu, le plastique était interdit par les lois sur la protection de l'environnement –, et s'apprêtait à les écouler auprès de ses clients habituels, des commerçants de la médina. Elle parcourrait les ruelles envahies par les chalands et les touristes. Là, elle espérait faire ne fût-ce qu'un maigre chiffre d'affaires. Adolescente, Ichrak, qui était une meneuse, avait formé des commandos d'enfants qui lavaient les vitres des automobiles aux feux rouges. L'entreprise fut démantelée lorsqu'on finit par décourager les enfants de s'accrocher aux pare-brises. Après, ça avait été les sacs en plastique, les paquets de mouchoirs en papier. Aujourd'hui, lorsque l'occasion se présentait, il lui arrivait de travailler comme journalière dans une zone industrielle à conditionner des produits qu'elle ne pouvait s'offrir.

La femme dans le salon grogna quelque chose de confus et continua à marmonner. Ichrak remit ses écouteurs et replongea dans le récit au moment où cette femme d'*À l'origine notre père obscur* s'était mise à évoquer l'amant. "… *Il passait longuement ses mains dans mes cheveux, puis c'était sa paume qu'il posait à l'arrière de ma tête, en appuyant, à peine, et ce simple geste me soulageait, quelque temps, du mal que j'avais. Il le sentait et alors il continuait tandis que j'étais allongée sur lui, les bras autour de son cou, et ce corps si lourd. Il était sous mon corps, sous mon odeur, sous mon emprise, c'était plus fort que lui, il disait, à cet instant, ne pas pouvoir être ailleurs que sous moi, il disait encore, encore…*"

*

Selon Mokhtar Daoudi, être flic à Casablanca était une situation plus délicate qu'ailleurs parce que le niveau de vie était extrêmement élevé dans la ville. Si tu n'arborais pas quelques signes de richesse, on pouvait facilement te prendre pour un plouc, et qui était prêt à négocier avec ce genre de type ? Dans l'affaire de la pauvre Ichrak, le commissaire n'avait pas un dirham à gagner mais il devait accomplir son devoir, et s'occuper de Guerrouj était devenu une priorité dès lors qu'il lui avait menti le soir où il l'avait coincé au bar. Le commissaire se demandait s'il pourrait faire quelque chose de cela. Pourquoi des cachotteries sur son emploi du temps, s'il n'avait rien à se reprocher ? Le policier avait décidé de creuser un peu ; la maîtrise du renseignement, c'était aussi le pouvoir. Savoir qui il voyait, comprendre pourquoi. Le policier trouvait toujours le moyen de s'immiscer dans une affaire quand elle se présentait. Et concernant son enquête, malgré son implication, la brutale disparition de la jeune femme avait été ressentie comme un soulagement, aussi. Elle avait, un jour, ou plutôt une nuit, été témoin de sa faiblesse. C'était bien, qu'elle ne soit plus là. Devant quiconque, le commissaire Mokhtar Daoudi pouvait faire illusion, mais c'était impossible devant Ichrak. Elle l'avait marqué à jamais.

Sa patience fut récompensée : Nordine Guerrouj venait de sortir de son bar en titubant légèrement. L'homme se dirigea vers sa voiture – une Série 3 bleu métallisé –, démarra et sortit du stationnement en deux coups de volant nerveux. Il roula un peu, clignota à gauche pour traverser la chaussée en accomplissant un virage à cent quatre-vingts degrés vers la place des Nations-Unies. Nordine roulait vite mais la Dacia le rattrapa au feu. Au redémarrage, il fila vers le bâtiment ultramoderne de la gare de Casaport, tourna à gauche, poursuivit quelques centaines de mètres puis s'arrêta face aux canons ornant le balcon du restaurant La Sqala pour se garer sur un terre-plein. Le policier stoppa également, un peu en arrière, éteignit ses phares.

D'une Classe A blanche garée parmi d'autres voitures sortit une femme, robe noire, coupe près du corps, hauts talons. Elle tenait nonchalamment ses clés de voiture à la main. Elle s'avança vers la BM, ouvrit la portière, s'y engouffra. Daoudi était relativement loin mais il avait reconnu la silhouette de Farida Azzouz. Le véhicule repartit vers le boulevard de la Corniche, le long de la mer. Il laissa la Grande Mosquée sur sa droite, poursuivit en direction d'Ain Diab. À un moment, la voiture prit à droite vers un phare éclairant le large. La lumière dans le coin était parcimonieuse, la route était en cours de réfection, le quartier était en chantier mais il accueillait des restaurants de luxe comme en témoignaient les marques des automobiles garées en nombre de-ci de-là. Devant le Cabestan, Nordine chercha un espace loin des regards, se gara, éteignit ses phares.

La pénombre avait du bon, quelquefois. Sous son couvert, les possibilités étaient innombrables. On n'y voyait pas beaucoup sauf pour celui qui, comme le chat, possédait une vue assez acérée pour percevoir les choses et les êtres dans l'obscurité. C'est ce que pensait Nordine Guerrouj, assis dans la voiture tout près de Farida Azzouz. Il mit à profit ses tendances à la nyctalopie pour s'offrir la contemplation de la dame comme un présent. C'était une chevelure de jais, abondante, mi-longue, lissée avec soin, dont une mèche tirée derrière l'oreille laissait apparaître l'éclat d'un agglomérat de diamants. Sa peau dorée en profondeur irradiait comme un soleil matinal.

Les traits, d'une harmonie parfaite, étaient rehaussés par de grands yeux marron, piquetés d'or, ornés de cils interminables au-dessus d'un nez court, et d'une bouche à la lèvre inférieure charnue comme un fruit qu'un écarlate de la marque Dior mettait en valeur. Mais, Farida, c'était aussi une sensibilité contagieuse telle une fièvre, surtout lorsque, comme ici, la promiscuité s'érigeait en mode de négociation. Les vitres fumées contribuaient à accentuer l'intimité et un parfum entêtant occupait l'habitacle pour, le cas échéant, alimenter un vertige qui se glisserait là. Nordine avait quitté le visage des yeux et ils étaient maintenant fixés sur les cuisses de Farida. Avec l'âge – début de la quarantaine –, elles s'étaient épaissies mais avaient comme gagné en puissance ; il fallait un homme fort, au torse et aux flancs qui tiennent, pour en accueillir le poids. Sans effort, les sens de Nordine s'éveillèrent, de façon naturelle, avec l'impression du rut en point d'orgue. L'alcool qu'il avait bu contribuait pour beaucoup à cet état. Il tentait de rester concentré mais la voix de Farida l'emporta, comme sur du velours, dans une sorte d'irréalité faite de danger, de sensualité, même s'il gardait à l'esprit l'impératif de demeurer ferme sur ses positions, sans quoi elle allait le manger.

— Parle-moi de Goulmina, Nordine.

C'était chaque fois la même chose, elle n'avait qu'à ouvrir la bouche et Nordine se sentait chavirer. Farida avait conscience de la portée de son charme et en usait à outrance. Elle remonta un peu sur son fauteuil, serrant les cuisses davantage, faisant jouer la lumière diffuse sur sa peau qui chatoyait doucement. Un silence se fit. Nordine Guerrouj y mit fin :

— J'ai commencé à bouger, là-bas. Encore un peu de pression et on se débarrassera bientôt de toute la vermine qui squatte tes biens. Je t'avais fait une promesse, je vais la tenir. Tu commences à me connaître.

— Je veux te connaître mieux que ça, Nordine. Je dois récupérer ce qui est à moi. Je perds de l'argent tous les jours avec ces gens. Tout cela doit être vidé et démoli. J'ai besoin des terrains nettoyés de tout.

Farida prononça la dernière phrase presque en chuchotant. Nordine Guerrouj nota la poitrine qui se soulevait et s'abaissait au rythme de sa respiration et de quelque chose de passionnel qu'elle tentait de dissimuler. Il prit conscience qu'il devait passer à la vitesse supérieure. La patience de sa commanditaire commençait à atteindre ses limites.

Nordine avait réussi à expulser les habitants de plusieurs appartements mais des irréductibles occupaient encore les lieux et ne voulaient pas en sortir. Les menaces n'avaient mené à rien jusqu'à présent. Le patrimoine à récupérer avait permis à Farida de prospérer mais aussi, vu ses ambitions, d'asseoir une puissance certaine par un réseau qu'elle avait bâti grâce à un cocktail d'intelligence et de charme allié à une absence totale de compromis. Elle était dangereuse et Nordine le savait. Il savait identifier cette sensation qu'il connaissait bien, surtout lorsqu'elle était charriée en même temps que l'adrénaline. Nordine Guerrouj observait la femme, les yeux mi-clos, la cicatrice sous tension. Son regard remonta vers le visage pour se donner un peu de répit mais redescendit vers les épaules, mises en valeur par une robe Prada noire en soie au décolleté large au niveau du cou, qu'on devinait se prolongeant, vertigineux dans le dos, découvrant une surface d'épiderme lisse et chaud sur laquelle Nordine rêvait de poser une main à plat pour y imprimer de la force, de la contrainte.

Ils continuèrent à parler de foncier et d'expulsions mais ce n'était qu'un discours de façade, car Nordine embraya sur son ressenti et se mit à l'entretenir sur Chergui qui soufflait comme jamais et qui le mettait dans un état étrange, comme s'il lui en voulait personnellement, à lui seulement. Il éprouvait constamment une sorte de rage dans le cœur qui lui donnait l'envie de mordre, d'arracher avec ses mains. Il avait hâte que cela s'arrête. Farida lui révéla qu'elle non plus ne parvenait pas à échapper à son influence. Les tempêtes de sable, ces jours derniers, la harcelaient sans relâche tels des amants jaloux. Elle réussissait à contrôler cela dans la journée, mais ne pouvait trouver le sommeil, car il lui fallait calmer un cerveau assailli par toutes sortes de pensées qui parfois lui brûlaient la chair. Quant à son cœur, il battait bien trop fort, elle se sentait étouffer, prétendit-elle, une main aux ongles laqués appuyant délicatement sur un sein. Ce qui se disait entre la femme et le voyou n'avait que peu d'importance ; ce qui pesait, c'était l'implicite. Pour Nordine, l'essentiel était de prolonger cette sorte de trêve, génératrice de tant d'émotions contenues dans l'air même qu'ils respiraient. L'homme aimait jouer au bras de fer avec lui-même. Et c'est en serrant les dents qu'il se laissa aller à la volupté des mots suggérés mais ne pouvant s'énoncer.

Pour Farida, ce qui comptait, c'était le souffle sur lequel la phrase s'échappait hors des lèvres. Son expérience lui avait appris qu'il était comme un philtre invisible dont elle savait l'efficacité, car elle ressentait avec une force inouïe le regard de Nordine Gerrouj sur sa poitrine et l'effort qu'il accomplissait pour demeurer maître de lui. À son insu, elle l'obligeait à se surpasser, en lui offrant la vue de la soie produisant des effets moirés sur ses cuisses, mais aussi ses genoux, qu'elle desserra avec mesure. L'écart créé n'était pas suffisant pour oser y glisser une main, mais adéquat pour garder emprisonnées de l'ombre, de l'obscurité, une chaleur. Un temps difficile à évaluer s'écoula ainsi, dans un parfait simulacre d'immobilité de part et d'autre, jusqu'à ce que Guerrouj démarre et raccompagne Farida à sa voiture. Lors du trajet, aucun mot ne fut échangé, seul le silence s'exprima.

— Je dois y aller, maintenant, Nordine.

Ils étaient arrivés. La femme ouvrit la portière, planta le talon d'une sandale Giuseppe Zanotti au sol, ajouta :

— La prochaine fois, apporte-moi de meilleures nouvelles, tu comprends ?

Elle s'interrompit, son regard gagna en intensité et elle dit encore :

— Fais attention à Chergui, Nordine. Il peut faire perdre la tête mais il commence par torturer d'abord. Comme maintenant. Passe une belle nuit, Nordine.

Elle claqua la portière et regagna son véhicule.

L'enjeu en valait plus que la peine, pensait Nordine Guerrouj. Il était question d'argent, mais aussi de la prendre, Farida. C'était le genre de femme qui aimait les salauds comme lui, se persuadait-il. Il l'avait senti dès qu'il l'avait vue, et cela allait de soi car elle en avait besoin pour accomplir les sales besognes. Avec elle, il était devenu comme ces féroces pythons mâles qui se font chasser et tuer stupidement par les femmes-chasseresses, parce que brusquement affaiblis et dociles car confrontés à leurs hormones et à diverses phéromones qu'elles propagent dans l'air. Ainsi, il était prêt à tout pour satisfaire un ego qui lui intimait de la conquérir.

En ce qui concernait l'autre volet de cette affaire, c'était plus difficile. Nordine avait envoyé des hommes de main intimider les locataires des immeubles de Farida, rue Goulmina. Depuis cette période de grandes migrations, la ville avait été envahie par des Africains venus de partout ; du Sénégal, du Mali, de la Gambie, du Cameroun et même de plus loin, des deux Congo. Dans un premier temps, ils s'étaient installés tels des termites et, c'est connu, ces bestioles ne quittent la termitière qu'au moment où ils le décident. La valeur immobilière des immeubles avait dégringolé et il avait fallu rentabiliser les biens pour pouvoir assurer un minimum d'entretien. Nordine était chargé de la partie financière, c'est-à-dire de faire payer de maigres loyers aux migrants. Il savait être indispensable à Farida, qui possédait pratiquement un pâté de maisons dont les dépenses pouvaient monter très vite. L'idéal aurait été que le quartier fasse l'objet d'un plan d'urbanisme plus vaste mais, pour l'instant, rien ne bougeait du côté des pouvoirs publics. Dans ce marasme, Saqr al-Jasser était apparu avec des propositions d'achat, un projet, et là Nordine devait activer ses méninges un peu plus efficacement : il s'agissait de faire déguerpir les locataires au plus vite pour que les bulldozers puissent se mettre en action. Lorsque la loi ne le permet pas, il faut bien avoir recours à des gens comme Nordine Guerrouj. Le Saoudien Al-Jasser exigeait des terrains débarrassés de leurs constructions pour y bâtir un complexe de luxe comprenant hôtel cinq étoiles, salle de congrès, mall, zone piétonne, mais, pour obtenir les autorisations afférentes, il fallait prouver que les immeubles étaient abandonnés et que plus personne n'y habitait. Nordine était chargé de faire en sorte que cela se produise sans provoquer trop de vagues.

IV

MATIÈRES PARTICULAIRES

Depuis un moment, Ichrak ne se demandait plus pourquoi elle était assise dans cette voiture avec cet homme conduisant à côté d'elle. Elle éprouvait simplement le sentiment d'être à sa place, sans bien savoir ce que cela signifiait. Malgré son immensité, la ville tentaculaire n'avait pu empêcher la jeune femme et Cherkaoui de se trouver car, lorsque deux êtres sont destinés à se connaître, même si le monde n'est pas petit, leurs élans, leurs ambitions peuvent être d'une telle envergure qu'ils se croiseront, quelles que soient les circonstances. À travers le pare-brise, ils voyaient le capot du SUV 5008 Peugeot blanc lancé à vive allure tracer sa route, passant d'une voie à l'autre, presque pare-chocs contre pare-chocs avec ceux qui faisaient de même. Le nombre de véhicules donnait l'impression de se trouver dans un embouteillage, mais qui se déplacerait à grande vitesse. La voiture filait boulevard Mohammed-Zektouni. Après avoir dépassé le Twin Center, elle avait laissé derrière elle les boulevards d'Anfa, de Ziraoui et de Ben-Kadour. Dans une mégapole telle que Casa, pour pouvoir bouger rapidement, il était opportun de laisser tomber le code de la route de temps à autre, mais dans l'unanimité, ce qui produisait inévitablement un semblant de synchronisation : une certaine fluidité, périlleuse, se mettait en place malgré tout. Le SUV dépassa le boulevard Ain-Taoujtate puis vira à gauche sur l'avenue de Nice pour emprunter l'avenue Tan-Tan dans le quartier cossu de Bourgogne. Cherkaoui était concentré sur sa conduite. Les vitres étaient baissées et Ichrak, les yeux fermés, laissait l'air caresser son visage. Bientôt, ils arrivèrent rue Cénacle-des-Solitudes.

Si la première rencontre entre Ichrak et Cherkaoui avait été fortuite, nul n'aurait pu prévoir qu'une seconde s'avérerait possible dans une ville de plus de trois millions d'habitants telle que Casablanca. Mais parmi la foule, fourmis sur les trottoirs bordant les boulevards ceints d'immeubles reflétant l'ombre et le soleil, Ichrak avait tout de suite reconnu l'inconnu croisé quelque temps auparavant devant une salle de théâtre. Lui aussi. D'entre tous ces visages, celui de la jeune femme lui avait comme sauté aux yeux. Leurs sourires en disaient long sur le plaisir qu'ils avaient à se revoir. Cherkaoui lui avait proposé d'aller manger quelque chose et l'avait emmenée dans un Tacos de Lyon, boulevard Zektouni. Ils avaient eu une longue conversation entrecoupée de rires, comme des amis de longue date. Ichrak se sentait détendue comme rarement. Sans savoir pourquoi, il avait pressenti qu'il devrait la revoir souvent. En partant, il lui avait demandé son numéro et avait enregistré le sien sur le téléphone de la jeune femme. Les rencontres suivantes avaient affermi la confiance de la jeune femme et elle était parvenue à se livrer sur ses difficultés à gérer le quotidien, la maladie de sa mère, sans aller au-delà de la pudeur, et parler de ce qu'il pouvait y avoir d'enfoui en elle. Cherkaoui lui apprenait des choses qu'elle ne savait pas sur la vie, ses rencontres, ses voyages, lui posait des questions sur elle-même mais sans jamais se comporter comme la plupart des hommes. En même temps, Ichrak se demandait ce qu'il lui voulait. Il semblait s'intéresser à sa vie, en tout cas, parfois par de menus détails, comme le déroulement de sa journée, du lever au dernier repas. Ou comment, petite, elle passait le temps. Allait-elle à l'école ? On aurait dit qu'il essayait de reconstituer un puzzle. Elle savait qu'il était directeur de l'Espace des Amdiaz, une salle de théâtre, et cela, sans doute, lui donnait un esprit ouvert. Peut-être aussi que, comme dans son métier il rencontrait beaucoup de femmes, il ne sautait pas nécessairement sur toutes celles qu'il croisait. Néanmoins, Ichrak ne comprenait pas vraiment ses motivations.

Cherkaoui non plus, d'ailleurs. L'homme, passé la soixantaine, ne s'expliquait pas ce qui lui plaisait tant chez Ichrak. Il en rencontrait beaucoup, des femmes, mais son naturel et son franc-parler le changeaient des jeunes actrices et des pseudo-intellectuelles qui parsemaient sa vie. À son âge, il était revenu de tout. Depuis plus de vingt-cinq ans qu'il était marié à Farida, celle-ci ne déclenchait plus ces pulsions qui le poussaient à vouloir déposer le monde à ses pieds. C'était une braise, et elle savait faire comprendre à celui qui voulait la conquérir qu'il fallait plus qu'un vulgaire tisonnier pour pouvoir la manier. Cette attitude avait toujours provoqué l'empressement chez les hommes. Aujourd'hui, Cherkaoui était tout simplement fatigué de courir après elle. Sa très grande indépendance matérielle avait fini par mettre une distance entre eux ; lorsqu'elle traitait ses affaires, son temps lui appartenait exclusivement. Leur éloignement n'était qu'un constat qui ne le gênait pas plus que ça, ne sachant pas ce qu'il pourrait y faire. Avec Ichrak, il se laissait aller.

Assis sur un fauteuil, il l'observait, couchée sur le lit, adoptant parfois des poses supposément suggestives, mais cela ne le troublait pas et même le rassurait.

— Pourquoi tu m'as emmenée ici ?

— Ici, c'est chez moi. C'est juste un petit studio attenant à la grosse maison que tu as vue et qui ne m'appartient pas, celle-là. Mais, ce que tu vois, c'est chez moi. Mon père me l'avait offert après l'université, comme ça je pouvais vivre ma vie. Je l'ai gardé et j'y viens souvent, c'est calme par ici. C'est modeste mais confortable.

En effet, le lieu était composé principalement d'une grande pièce qu'occupaient un vaste lit dans un coin, puis une garde-robe, une commode, des sièges, une longue table. Dans le hall, une porte donnait sur une salle de bains.

— C'est ici que tu reçois tes femmes, tu veux dire ?

Il ne répondit pas. À peine entrée, Ichrak avait balancé son sac à main dans un fauteuil, s'était débarrassée de ses ballerines en les envoyant voler sur le carrelage, avait défait un turban bleu roi du même tissu que sa robe et s'était jetée sur le lit. Couchée sur le côté, la tête appuyée sur une main, sourire ironique aux lèvres, elle fixait à présent Cherkaoui, jambes croisées sur le fauteuil face à elle.

— C'est plus discret, aussi. Je suis marié, ne l'oublie pas, et ma femme est une tigresse, elle apprendra assez vite qu'on se voit. Je ne veux pas t'attirer d'ennuis, et à moi non plus, mais renoncer à te voir, pas question ! Ça fait un bout de temps. Je t'ai appelée plusieurs fois.

— Je sais, Si Ahmed. J'ai vu les appels en absence.

— Et ça va ?

— Non. C'est ma mère. Et le travail. Mais c'est ma mère, surtout. Je voulais t'en parler, Si Ahmed. J'ai besoin d'argent, elle, de ses médicaments et je n'y arrive plus. Si tu pouvais m'aider…

— Ne t'en fais pas, on va s'occuper de ça.

— Sa santé me préoccupe, elle empire de jour en jour, je vais bientôt devenir folle comme elle.

La jeune femme fixa plus intensément Cherkaoui.

— Si Ahmed, dis-moi : dès le début qu'on s'est connus, tu m'as demandé si j'étais la fille de Zahira. Tu la connais ?

— Comme tout le monde.

— Comme tout le monde ? Tu n'es pas tout le monde. Vous n'êtes pas du même milieu, toi et elle. Tu l'aurais connue quand ? Où ? Dans ta jeunesse ?

Cherkaoui resta silencieux un moment.

— Je la connaissais comme tout le monde, Ichrak. Que veux-tu savoir ?

— Sa jeunesse, ce qu'elle vivait. J'ai entendu beaucoup de choses, mais je veux en savoir plus.

— Tu sais… – Cherkaoui eut une hésitation. – Elle était très belle, ta mère. Oui, d'une beauté particulière. Comme toi, d'ailleurs. Mais elle était… Elle était totalement incontrôlable.

"C'est étrange, se dit Ichrak, quand il s'agit de ma mère, Cherkaoui, homme de lettres, cherche ses mots." Il ne lui disait certainement pas tout ce qu'il savait sur elle.

— C'est quoi, qui l'a rendue folle ?

Il ne répondit pas et un silence se fit. Ichrak ne disait pas tout non plus. Elle ne racontait pas qu'en cherchant des traces de sa mère, elle enquêtait surtout sur ses origines à elle, ce pan entier d'elle-même qui lui manquait. Ce père qu'elle n'avait jamais connu. La situation la révoltait, personne ne lui disait rien, comme si Derb Taliane et toute la ville n'avaient plus de mémoire. On avait comme oblitéré son passé. Finalement, Cherkaoui répondit :

— La vie, parfois, peut nous faire perdre la raison. Mais tu dois en savoir plus que moi, non ?

— En savoir plus que toi ? Si c'était le cas, je ne serais pas là à mendier ce qui m'appartient.

À chaque fois, c'était la même chose : un mur de silence quand elle voulait savoir. Cherkaoui semblait avoir de l'affection pour elle, pourtant il réagissait comme tout le monde. À moins que son imagination ne l'induise en erreur. Oui, mais comment ne savaient-ils pas, alors que tout le monde savait tout sur chacun ? Sa mère serait l'exception ? Exaspérée, la jeune femme demanda :

— Et si ta femme apprend qu'on se voit ?

— Je lui dirai la vérité.

— Laquelle ?

— Que je te vois comme une amie.

— Une amie ? Et elle te croirait, comme ça, sur parole ?

La jeune fille éclata de rire.

— Ne ris pas !

Surprise, Ichrak s'arrêta. Le visage de Cherkaoui devint sérieux d'un coup et sa voix, âpre :

— Pourquoi ne me croirait-elle pas ? Autre chose entre toi et moi, ce serait… Ce ne serait pas convenable, termina-t-il d'un trait.

Là, il avait encore cherché ses mots et avait trahi son âge d'homme mûr. Ichrak ne savait pas pourquoi, mais elle le crut. Et sa réponse l'apaisa. Avec Cherkaoui, depuis qu'elle le connaissait, elle se sentait en sécurité et se laissait aller à ce sentiment comme jamais elle ne l'avait fait. Il l'invitait, la traitait avec galanterie. Sans réfléchir, elle avait même accepté de le suivre dans cette pièce et n'avait ressenti aucune appréhension. Jamais non plus la jeune femme n'avait constaté cette aversion qu'elle éprouvait généralement envers les hommes. Il agissait comme eux, mais elle ne le voyait pas comme un homme. Elle ne s'expliquait pas ce phénomène. C'était la première fois qu'elle ressentait cela.

Au-dehors, Casablanca respirait au rythme des pistons des moteurs des voitures, mais pas là. Le silence occupa l'espace pendant de longues minutes. On n'entendait rien. La lumière filtrée par des volets mi-clos était découpée en lamelles s'estompant contre certains des murs. Ichrak et Cherkaoui étaient chacun en eux. Sans doute n'avaient-ils plus rien à déclarer. Il existe des moments pour dire les choses mais ceux dédiés à l'introspection doivent être vécus avec paix ; cela leur convenait parfaitement et l'instant se prolongea de lui-même, rendant l'éther plus léger, de moins en moins oppressant.

*

Ce qu'Ichrak détestait par-dessus tout, c'étaient les types qui s'incrustaient. Lorsqu'elle était tombée sur Sese, elle s'était dit qu'elle n'avait qu'à s'en prendre à elle-même, on ne donne pas son numéro comme ça, au premier venu. Résignée, elle avait accepté un verre de thé à la terrasse couverte du Café Jdid, boulevard Sour-Jdid, là où il habitait. Les joueurs de cartes firent semblant de n'avoir rien remarqué lorsque Ichrak et le jeune homme débarquèrent.

— Salam Aleykoum ! lança Sese.

— Salam, murmura vaguement Mekloufi.

Les nouveaux venus prirent place à une table un peu plus loin.

— Tu vois, c'est ici que j'habite, dit-il, indiquant la porte vers la cour de Mme Bouzid. C'est là que je bosse, aussi. Je te montrerai plus tard.

— On reste bien là. Je vais pas chez toi.

— Tu me prends pour qui ?

— Je vous connais.

— Là – pointant encore vers la porte – c'est le business plein. Il y a l'argent, mbongo, mosolo, le l'ar'[1]. Mais il faut mettre la main dessus. J'ai encore réfléchi à ma proposition. La bulle séduction Western continue d'exploser. Depuis la dernière fois, c'est pire. Il faut donc aller vite. Alors voilà, ma sœur. Je peux t'appeler ma sœur ?

— Fais comme tu veux.

— Qu'est-ce que vous prenez ?

Sese se tourna vers le serveur qui n'avait d'yeux que pour Ichrak.

— Deux thés, s'il te plaît, Rachid.

— Deux thés ?

Après un temps sans bouger d'où il était, il répéta encore :

— Tu as bien dit "deux thés" ?

Tout était bon pour gagner du temps. On voyait que ses yeux et tout le reste avaient du mal à se

1. Différents substantifs désignant l'argent.

détacher de la convive de Sese. En désespoir de cause, il fallut bien s'éloigner et retourner à ses occupations.

— Je disais, tu dois savoir que tu es la plus canon. Si les types qui ont voté les merveilles du monde étaient encore vivants, tu serais la huitième. Des femmes comme toi, j'ai traversé toute l'Afrique, et je dois dire que, depuis que j'ai quitté Kinshasa, tu es celle qui m'a le plus frappé. En Europe, il y a les Kate Moss et tout ça, mais elles n'ont pas ce que tu as. Là-bas, je suis sûr, ça n'existe même pas, des yeux et un corps comme les tiens.

— Tu recommences ?

— Rien ! Ce que je veux dire, c'est que devant un écran, tu pourrais générer un chiffre que tu n'imagines même pas.

— Tu veux me faire faire des saloperies ?

— Non, pas besoin. Laisse ça aux autres. Écoute, je suis entraîné, pourtant quand je t'ai vue, j'ai rien compris. Alors tu imagines le type à Paris, Bruxelles ou Genève ? Là où on parle français ? De toute façon, toute la pub dont on a besoin circule depuis des années en Occident, et elle est totalement gratuite. Personne n'a jamais bénéficié d'une telle publicité, même pas Nike, ni Adidas. Celle de Coca-Cola, c'est de la petite bière à côté de la nôtre. Depuis le 11 septembre 2001, on ne parle que du monde arabo-musulman. Les Arabes par-ci, les Arabes par-là : Le *Titanic* et la guerre de Sécession ? C'est eux. Hiroshima et Fukushima ? C'est leur faute. Le changement climatique ? Pas besoin de demander. Même le vase de Soissons[1], qui l'a cassé,

---

1. Un des mythes fondateurs de l'identité française qui dit plus ou moins : "Tu casses le vase qui ne m'appartient même pas encore, je te casse la tête à la hache un peu plus tard."

demande à Sarkozy, il te dira : C'est sûrement un Arabe. Idem pour celui qui a mis le feu à Jeanne d'Arc, si tu poses la question à certains Français. Mais avec tout ça, on ne voit que des hommes, et tous barbus, sur les écrans. À tel point que c'est devenu la mode partout dans le monde, les avions en sont pleins. Les rares femmes arabes et du Maghreb qu'ils nous montrent, elles portent toutes le voile ! On veut nous les cacher ! Il faut que ça s'arrête. Alors, imagine, tu apparais, khôl, robe brodée et tout ça. Avec ta beauté exceptionnelle, tu n'auras qu'à dire : bonjour.

Un sourcil d'Ichrak s'était levé à la moitié de l'argumentaire de Sese.

— T'es un malade, toi. Tu regardes trop les films sur ton ordinateur. J'ai jamais entendu ça.

— T'inquiète pas, on sera deux près de l'écran. Tu passes d'abord un peu, puis je me présente, j'explique et je fais passer à la caisse.

— Comment ça ?

— Tu crois que, devant toi, ils vont rester tranquilles ? Ils pourront pas. Ils vont faire des choses… tu les connais pas, ces types. On prend une photo et j'explique avec le screenshot à la main.

— Du chantage ? Je fais pas ça, moi.

— Mais non, c'est juste être persuasif.

— Je t'avais dit, tu es fou. Totalement.

Sese, de son côté, n'était pas du genre à laisser tomber facilement lorsqu'il avait une idée en tête. Lui et la jeune femme se retrouvèrent encore plusieurs fois dans la médina, mais Sese ne la harcelait plus au sujet de sa beauté, il insistait plutôt sur les qualités de sa voix, sur ses aptitudes à narrer de la fiction et, surtout, même si elle ne s'en rendait pas encore compte, sur son sens de l'esprit d'équipe qui s'avérait remarquable et devait être cultivé. Il agit ainsi jusqu'au jour où Ichrak promit :

— Je viendrai.

*

— Hé, sœur na ngai[1] !

— Tiens, il y en a encore.

La veuve Bouzid venait d'apporter un plat de tajine au poulet et aux pruneaux, sachant que Sese adorait cela.

— Lalah Saïda, c'est trop.

— Tu sais, quand tu es venu la première fois pour louer la chambre, j'ai accepté tout de suite parce que tu m'as dit que tu étais zaïrois. Tu disais pas comme les autres "congolais". Ça m'a rappelé feu mon mari qui me parlait du Zaïre tout le temps alors qu'il n'y est pas resté très longtemps.

— C'était quand Mobutu a démantelé cette rébellion au Shaba avec le concours des valeureux soldats d'Hassan II[2] ?

— Non, une autre fois. Pendant la guerre pour la bande d'Aozou au Tchad. Vos troupes se battaient avec celles d'Hissène Habré contre l'armée de Kadhafi. Des prisonniers libyens ont été acheminés vers Kinshasa et mon mari était parmi les soldats marocains venus les prendre en charge pour les ramener ici, que le roi puisse les renvoyer chez eux en toute sécurité. Pour Kadhafi, un prisonnier était un lâche et un traître qu'il fallait abattre. Mon pauvre mari me disait toujours que le Zaïre était

1. "Hé, ma sœur !"
2. Première guerre du Shaba en 1977.

un très beau pays et que les gens étaient si gentils. Et tu l'es, Sese. Les enfants t'adorent, surtout la petite Ihssan.

Elle tourna la tête.

— Tiens, bonjour monsieur Derwich !

La porte à côté venait de s'ouvrir et Slimane Derwich, assistant à la faculté des lettres, semblait attendre quelqu'un sur son seuil. Il ne répondit rien. La porte donnant sur la rue s'ouvrit et une fille, jeune, gracile, entra. Elle était vêtue d'une longue jupe serrée blanche, d'une superposition de tissus vaporeux couleur pêche et d'un foulard de la même teinte. Lorsqu'elle aperçut Mme Bouzid et Sese, son expression s'éclaira d'un sourire.

— Bonjour, dit-elle.

Et elle se dirigea vers l'assistant à l'université qu'elle salua également. Après un regard, les sourcils froncés, vers Mme Bouzid et Sese, Derwich la fit entrer et ferma la porte.

À l'intérieur de la chambre, on pouvait percevoir la lourde chaleur du dehors et l'éclat du soleil frappant les maisons, écrasant les ombres le long des murs, gardant irrémédiablement les gens cloîtrés chez eux. La jeune Noor était assise sur une chaise, ses fines mains croisées sur un livre et un cahier qu'elle avait posés sur ses genoux. Son regard allait vers la fenêtre en oblique. Le foulard, dont un des pans passait sous son menton pour retomber dans le dos, accentuait la réserve qu'elle adoptait. Slimane Derwich, à son bureau, terminait un travail sur son ordinateur. En dehors du ronronnement continu dans l'air des grandes villes et du cliquetis des touches sur le clavier, ne régnait que le silence. Entre ces quatre murs-là, il était d'une qualité particulière. C'était un silence plein d'ondulations, avec des nuances dans sa texture, et il se répandait dans l'espace exigu, devenait pesant. Quand Slimane estima qu'il avait terminé, il tourna sa chaise vers la jeune fille. L'assistant à l'université, comme d'habitude, avait son attitude raide et figée, et son regard semblait chercher, loin des yeux de la jeune fille, les mots pour entamer la conversation. Elle le prit de vitesse :

— Je vous remercie, monsieur Slimane. C'est généreux de me recevoir pendant votre temps libre.

— C'est normal, bafouilla le maître. Quand il advient qu'une de mes étudiantes – brillante de surcroît – a besoin d'un peu d'aide, je ne peux que prendre mes responsabilités et lui en apporter.

La phrase était sortie machinalement, mais cela lui permit de reprendre ses esprits. Parce qu'il en avait besoin, Slimane. Jamais il n'aurait dû l'inviter comme ça, chez lui. Le cours, il aurait pu le donner à l'université même, dans une salle vide, rien que pour eux deux, mais lorsqu'elle s'était présentée à lui, le regardant droit dans les yeux et exprimant candidement son besoin de mieux comprendre la démarche d'Assia Djebar[1], il avait évoqué une monographie de la romancière sur laquelle il avait entamé des recherches et affirmé que le sujet ne pouvait être abordé en cinq minutes. Il avait suggéré des leçons particulières chez lui et, avant d'avoir eu le temps de regretter sa phrase, il avait entendu le oui de son étudiante. Elle avait dû répéter deux fois :

1. Femme de lettres algérienne, née le 30 juin 1936 à Ouled Hamou (département d'Alger) près d'Aïn Bessem dans l'actuelle wilaya de Bouira (Algérie) et morte le 6 février 2015 à Paris.

— C'est quoi, votre adresse ? Je passerai quand vous pourrez me recevoir.

Il faut dire qu'il s'attendait à tout sauf à cela de la part de Noor. Les filles étaient en large majorité dans son cours. Il savait que, parmi ses étudiantes, certaines cherchaient à le séduire gentiment et parfois usaient de tous les artifices pour cela, mais Noor ne jouait jamais à ce jeu-là. C'était sa meilleure élève, la plus appliquée, prenant beaucoup de notes, concentrée derrière les verres de ses lunettes sans monture. Aujourd'hui, elle ne les portait pas, c'était la première fois qu'il voyait vraiment ses yeux. Malgré sa discrétion, la jeune fille avait attiré son attention depuis longtemps. À cause de sa grâce, d'abord. Telle une liane qui se meut, de chaque geste qu'elle accomplissait émanait de la délicatesse. Elle était moins dans l'ostentation que ses condisciples, pourtant elle vibrait davantage. La plupart du temps, sa présence perturbait Slimane Derwich, il devait faire un effort pour garder de la cohérence dans l'enchaînement de ses phrases lors de son cours.

— Je me réjouis tout à fait de l'intérêt que vous portez à Assia Djebar. Vous avez pris avec vous *La Femme sans sépulture*, je vois. Un très bon choix. Y a-t-il un extrait qui vous tient plus à cœur ? Je voudrais connaître votre sentiment par rapport à l'auteure.

— Voulez-vous que je lise ? Ça ne vous dérange pas ?

— Pas du tout.

— Je vais lire deux, trois pages. Vous êtes sûr ?

— Faites.

La fille sourit, ouvrit l'ouvrage à un signet, s'éclaircit la voix et entama sa lecture :

— *"… Tu as de la chance d'être une mère de famille, et dans cette petite ville où tout le monde se connaît !…"*

Dans ce lieu si intime, la voix de la jeune fille résonnait différemment que d'habitude. L'homme fronça les sourcils en espérant que cela l'aiderait à rester concentré, et s'efforça de s'attacher à chaque mot.

— *"… Je relevais mon voile qui avait glissé sur mes épaules ; je le remettais sur ma tête, j'emprisonnais à nouveau mes cheveux ! Je serrais même les pans de tissu entre mes dents. Je gardais la voilette de gaze à la main. Puis je sortais le visage découvert, le voile de soie et de laine m'enveloppant le corps entier. Je m'en allais dans les couloirs gris où les policiers me dévisageaient, hostiles, souvent, alors qu'ils traînaient sans ménagement des adolescents suspects ou des paysans d'âge mûr vers les cellules. J'arpentais, unique silhouette…"*

Slimane avait déjà décroché. Pas par manque d'intérêt pour le récit, mais parce que la pression était trop forte. La voix, s'adressant pour la première fois rien qu'à lui et sortant du corps qui se trouvait là, à même pas deux doigts de distance, agit sur lui comme un envoûtement. Les mots arrivaient aux oreilles de Slimane difficilement intacts. Ils semblaient se diluer dans l'air en même temps que la légère essence de fleur dont était enveloppée la jeune fille.

— *"… Ainsi voilée à la façon paysanne, et non citadine, moi, pourtant la veuve du maquignon El Hadj, que chacun dans mon quartier reconnaîtrait… El Hadj, tué au maquis, quelques semaines auparavant. Je remontais les ruelles de mon quartier, alors que les boutiquiers avaient déjà fermé leurs échoppes…"*

Il se rendit compte de son absence lorsque la fille s'arrêta de lire.

— Continuez, dit-il pour faire celui qui est attentif.

— "… *J'ai plongé, les deux mois suivants. Dans tous les interrogatoires où il me faisait appeler au dernier moment (à chaque fois, deux coups frappés à la porte : convocation d'urgence). J'aurais dû me dire : Quelle femme, un jour dans cette ville, a dû se rendre « d'urgence » vers un amant, dont elle saurait qu'il lui apporterait presque sûrement la mort, ou l'oubli, ou, pire, la condamnation de tous, à sa suite ?…*"

Pendant toute la narration du destin exceptionnel de Zoulikha, Slimane Derwich ne pensait pas à la représentation de la femme telle qu'esquissée par Mme Assia Djebar. À cause de ce parfum léger que la peau et les vêtements de Noor diffusaient tout autour d'eux, il n'était plus dans la réflexion mais, encore une fois, en présence de la jeune fille, dans les mots qui semblaient glisser sur lui. Ce n'était pas que son quotient intellectuel avait brusquement chuté, il n'avait pas bougé d'un iota, il s'était juste reconstitué plus bas, dans les régions grises de son cerveau reptilien. La réserve et le maintien de la jeune fille n'y changeaient rien. L'écoute du phrasé, dit avec tant de sensibilité, ne le touchait que modérément, il n'obéissait plus qu'à sa propre sémantique. Comment un fragment de lecture aurait-il pu conserver sa rigueur et sa poésie alors que Slimane Derwich était, lui, dans la métonymie la plus totale, dans une sorte de mise en abyme de sa propre composition ? Ce qu'il entendait ne pouvait plus avoir autant de sens maintenant qu'il était entouré des phéromones contenues dans le parfum de la troublante Noor. En vibrant plus fort que d'habitude, l'étudiante ne contribuait en rien à le délivrer de la syntaxe libidineuse dans laquelle sa psyché l'enfonçait.

Il faisait de plus en plus chaud et Slimane devait se reprendre parce que ensuite il faudrait débattre de la guerre d'indépendance de l'Algérie et de la voix de la femme dans l'œuvre d'Assia Djebar, alors que lui ne percevait que la sensualité discrète inscrite dans celle de la lectrice. Bien sûr qu'il était aussi question de transmission, dans l'ouvrage, mais il ne pensait pas à Mina, la fille de Zoulikha ; celle qu'il recherchait circulait entre l'apprenant et l'étudiante. Il se souvenait de l'officier français Costa, de la violence, mais là, il expérimentait celle qui consistait à garder sa maîtrise alors que Noor était à portée de ses mains et de sa couche, confinée dans un huis clos perturbateur. Par conséquent, les contraintes que la protagoniste principale devait subir se confondirent dans son esprit avec un parcours initiatique, comme on enterrerait sa vie de jeune fille. Demeurant dans l'ellipse, il tenta comme l'auteure de transcender des notions telles que désir, désir tenace, désir enfoui, désir révélé, violence, violence contenue ; il les déclina à l'infini. Par ce dédale sinueux, il réussit malgré tout à se rattraper en vol juste au moment où la voix de Noor prononçait : *"… Il me fallait en sortir…"* La jeune fille, émue, reposa l'ouvrage sur ses genoux et attendit un commentaire de l'assistant. Celui-ci revint sur terre, c'est-à-dire, en perte de moyens devant l'étudiante. Pour se donner un peu d'aplomb, il imprima un sourire sur ses lèvres.

— Très bien.

Il prit un temps, ému lui aussi – mais pas pour les mêmes raisons. Il lui demanda alors ce qu'elle avait déjà lu de la romancière. Elle lui cita *L'Amour, la fantasia*, *Ombre sultane* et *Vaste est la prison*. Noor restait toujours aussi distante et, en même temps, chaleureuse comme aucune. Slimane ne comprenait pas cette sorte d'oxymore vivant qu'elle constituait. Ils parlèrent un peu, mais pas beaucoup, car Slimane se sentait embrumé et les thématiques dont il voulait débattre avec elle s'étaient dissoutes progressivement au profit de son imaginaire personnel. Il se sentait découragé. Il croyait qu'elle s'enflammait, l'instant d'après elle redevenait froide telle une opale, un saphir, un rubis. Il ne voulait plus s'éterniser en sa compagnie, c'était trop de souffrance. Une douleur lourde, tenace, commençait d'ailleurs à s'installer dans le bas de son ventre. Il sentait qu'il devait se coucher et respirer lentement pendant un moment. On verrait plus tard. Ce serait d'ailleurs un prétexte pour la faire revenir plusieurs fois jusqu'au jour où…

— Il est temps, maintenant, j'ai quelques rendez-vous. Nous aurons encore beaucoup à parler. Avec Assia Djebar, il faut aller en profondeur. Venez, même heure, même jour, la semaine prochaine.

Il se leva, lui tendit la main.

— Ça ne vous dérange pas ? Vous êtes sûr ? sourit-elle. Vous êtes gentil avec moi.

Debout face à lui, la jeune fille lui abandonna sa main plus longtemps qu'il n'aurait convenu, pensa Slimane.

— À la semaine prochaine, promit-elle.

L'homme ressentait toute la scène comme un moment de félicité extrême, ce qui le rendit gauche pour lui ouvrir la porte.

— À bientôt, monsieur Slimane, dit-elle, descendant les quelques marches.

Sese et Ichrak – elle venait d'arriver et la mère Bouzid avait disparu –, au milieu de la cour, étaient pliés de rire. Après une gesticulation ultime, le jeune Congolais se reprit et dit :

— Là, Ichrak, je bombe le torse, je mets le charisme[1] sur ma face et je demande au type : "Toi ! Tu sais qui je suis ?" Le type me répond : "Moi, je suis le capitaine Mosisa Ekemba en personne, de la DEMIAP[2]. Monsieur, présentez-vous !" Putain, Ichrak ! Je devais m'en sortir si je voulais pas terminer au cachot, fouetté jusqu'au sang et torturé avec un tournevis rouillé. Je lui dis : "Je suis Sese Seko. Si, si !" Oh, Vié Slimane, le grand mwalimu[3] ! – Sese venait de tourner la tête vers l'enseignant. – Comment tu vas, professeur ?

Slimane Derwich n'aimait pas cette familiarité que Sese lui témoignait trop souvent.

— Bonjour, grommela-t-il.

Mais lorsque Ichrak le salua à son tour, il ne répondit pas, tourna les talons et regagna sa chambre. Avant qu'il ne referme la porte, il eut le temps d'observer Sese et la jeune femme se diriger en riant vers la rue.

"Que font-ils ensemble, ces deux-là, toutes ces heures ? Ce n'est même pas une question à se poser, se disait Slimane Derwich. Enfermée avec ce chien ! À faire quoi ? Même la Saïda Bouzid s'oublie, quand elle lui parle. Entre-temps, Noor me fait des

---

1. À Kinshasa, attitude que l'on revêt occasionnellement sur son visage pour impressionner son interlocuteur, fait d'un semblant de grandeur, d'un orgueil exagéré et d'une autorité factice grâce à un froncement de sourcils étudié.
2. Détection militaire des activités anti-patrie (un service de renseignement militaire).
3. "Oh, Vieux Slimane, le grand professeur !"

manières et me pousse doucement à bout." Pendant ce long moment passé avec elle, il avait été présent la plupart du temps, mais d'après lui, avait à peine existé dans la perception de la jeune fille, elle n'en avait eu que pour Assia Djebar et cette *Femme sans sépulture* voilée dans un commissariat ; autant dire qu'il s'était senti un peu comme une abstraction, semblable à une idée, en quelque sorte, ou quelque chose d'un peu plus vague, même.

V

CYCLONE

Dramé et Sese, attablés sur un trottoir à côté de la place des Nations-Unies, partageaient des falafels en buvant du thé à la menthe. Ils n'étaient pas les seuls, toutes les tables étaient occupées. Les restaurants qui s'alignaient offraient des menus allant du shawarma au couscous maison, de la pizza aux plats thaïs. Les rues adjacentes étaient bondées. Des magasins proposaient tout ce que le pays avait à offrir en termes d'artisanat d'art ou d'objets décoratifs. Partout où la place le permettait, des marchands ambulants avaient posé leurs étals et écoulaient des consommables pour GSM, de l'habillement de toutes sortes, des lunettes solaires, des parapluies. Des adolescents abordaient le passant, proposant des recharges Orange ou INWI. Il y avait de quoi se restaurer sur le pouce, notamment de petits escargots servis dans un bouillon délicieux à en mourir. Souvent, les mendiants, les vieilles femmes ou les enfants tentaient le coup de la compassion, mais ça ne pouvait pas marcher à tous les coups. Cependant, la foule étant nombreuse, plusieurs ressentiraient à un moment un sentiment de culpabilité suffisant pour accepter de se débarrasser de quelques pièces de monnaie ou d'un billet, pourquoi pas ?

— Dramé, regarde celle-là. Regarde ces formes. Comment ça bouge, Seigneur.

— Reste tranquille. Tu n'as pas rendez-vous avec Ichrak, toi ?

— Si, on a à faire. Mais elle, c'est une sœur. J'ai besoin d'une go[1], moi. Je peux pas rester comme ça, juste avec mes nanas dans l'ordinateur. C'est pas assez gratifiant.

— Et quand tu regardes comme ça, c'est gratifiant ? Vous, les Congolais, vous ne changerez jamais, vous êtes trop sentimentaux. C'est quoi que tu m'avais dit l'autre jour avec "miso te" ?

— Kwanga ya moninga batiyaka yango miso te[2].

— Voilà ! On est en islam, mon frère. Ici, tu peux pas regarder les femmes bêtement et leur adresser la parole comme tu le ferais à Rome ou Paris. Quand tu parles à une femme, c'est juste toléré, rien de plus. Elles seules ont le droit de te parler. Moi, ça va, je suis baye fall[3], j'ai une excuse ; les femmes, elles aiment trop me voir avec mes tresses dans le dos quand je suis torse nu, wallaï[4]. Tiens, je vais te présenter quelqu'un qui pense comme toi. Qui aime quand ça bouge. Un compatriote à toi, justement.

Venu du carrefour, un type semblant marcher sur un nuage, en jean, maillot des Giants de New York, babouches, le regard ailleurs, approchait vers leur table, la démarche incertaine. Ses épaules étaient aussi larges que le mur de Berlin, il était costaud, c'était sûr, pourtant, on aurait dit que la légère bise

1. "Fille."
2. "Le pain de manioc d'autrui, on ne lorgne pas dessus."
3. Confrérie sénégalaise d'obédience soufie.
4. "Par Dieu !"

qui soufflait aurait pu l'emporter sans même faire d'effort. Comme si l'intérieur de lui avait été vidé et que plus rien ne lui permettait encore de maintenir ses équilibres.

— Dramé, je te cherche, dit-il. Je suis passé à la médina, on m'a dit que tu mangeais par ici. Je viens de recevoir un message de Doja. Ça faisait longtemps, putain ! Traduis-moi, s'il te plaît.

Puis, il sembla se rendre compte de la présence de Sese.

— Oh ! Bonjour, frère, bégaya-t-il à son adresse.

— À l'aise, répondit Sese.

— Sese, je te présente Gino Katshinda, un Congolais de Kinshasa comme toi.

Sese observait le nouveau venu et son diagnostic fut que le gars n'allait vraiment pas bien. Son parlé était traînant et son regard semblait éteint comme il arrive à ceux qui avalent des neuroleptiques. Son habillement était négligé, un signe de laisser-aller manifeste. Et quand cela se produit chez un Congolais qui se respecte et qui se proclame comme tel, c'est le symptôme flagrant – même pas besoin de psychiatre – que des neurones se sont fait la malle sans crier gare. Gino tendit son smartphone à Dramé. Celui-ci semblait ennuyé, il leva un bras fatigué vers l'appareil, le prit, se concentra sur l'écran et lut en silence.

— Qu'est-ce qu'elle a écrit ? souffla Gino d'un trait, d'une voix angoissée, comme si de la réponse dépendait sa vie.

Dramé ne répondit pas. Les sourcils froncés, il lut encore puis cliqua sur un bouton pour mettre l'appareil en mode veille, le rendit à son propriétaire.

— Elle dit que tout va bien, son père lui a pardonné maintenant.

— C'est tout ? Ça m'avait l'air plus long, mon pote.

— Elle dit qu'ils attendent un gouvernement et elle espère que vous allez vous revoir. Elle dit aussi qu'elle t'aime, qu'elle ne peut pas vivre sans toi.

— En tout cas, merci, tu es un frère, dit Gino, rempochant son portable.

Il fouilla encore ses poches, en sortit une paire de lunettes noires dont la monture était composée de deux petits cercles et, comme si Sese et Dramé venaient de se transformer en une substance gazeuse, n'étaient plus là, il reprit le chemin par lequel il était venu. On entendit alors un avertissement sonore puissant et Gino s'arrêta net, comme télécommandé ; un tramway, ignorant le menu fretin, poursuivait sa course tel un long serpent débonnaire, la carapace profilée au logiciel de modélisation. Le souffle de la rame le frôlant le fit trembler comme une feuille. Le convoi passé, pas contrarié, Gino continua sa traversée des voies, on aurait dit qu'il flottait en marchant.

— Putain, qu'est-ce qu'il a, le frère ? Il est loin, là.

— La Libye, répondit Dramé. Avant, il était dynamique, j'étais avec lui presque tous les jours. On y a été ensemble. C'est sa copine de là-bas qui lui écrit. Il vient me voir pour que je lui traduise. Avec les caractères arabes, c'est pas évident.

— Mais tu lui as dit quoi ? Il a raison, il me semble que tu as lu beaucoup plus que tu ne racontes.

— Oui, man, mais c'est une affaire difficile. Il y a plus d'un an de ça, lui et moi, on est partis là-bas.

— Mais pour faire quoi ? Depuis que Sarkozy a tué Kadhafi et mis le bordel, c'est foutu.

— Quand c'est foutu, tu peux faire plus d'argent.

— Y a plus rien !

— Si, les migrants. Tu vois Gino ? C'était un grand, je te jure. Il y a pas longtemps, on l'appelait encore le Maire de Casa. Grand sapeur, même, il portait pas des babouches. Il pouvait te faire tous les papiers que tu veux, toutes les attestations, je te le jure sur ma mère. Comme tu le vois, là, c'était le spécialiste du cachet sec et de la signature officielle, il te hackait une puce sur un passeport comme rien. On avait besoin d'un type comme lui, en Libye. Parce que, à un migrant, tu lui vends quoi ? Des papiers ! On est d'abord descendus à Ghat, près de la frontière algérienne, mais il y avait pas grand-chose à faire, on a dû aller plus au nord et on a débarqué à Mourzouq. Putain, fallait voir. Tout le monde est armé là-bas, même les enfants. On leur apprend à haïr le Noir tout petit, alors tu as intérêt à raser les murs. Il n'y a plus rien, plus d'entreprises, plus de travail, plus d'État, alors c'est la kalachnikov qui fait la loi. Les Noirs, on les aime pas, comme partout, mais là encore moins qu'ailleurs. Pour faire comme tout le monde et passer inaperçus, on s'est mis à chercher du travail. Un type nous a embauchés pour repeindre sa maison et des dépendances. C'était un homme d'affaires, c'était bon. En plus, il nous a logés. Le problème c'est qu'il avait une fille, Doja. Celle qui vient d'envoyer le message. Gino s'était mis en tête de la draguer.

— Draguer, en Libye ? Il est fou, ton pote.

— Je le lui ai dit ! Et on bossait bien, on avait des commandes pour les papiers et tout, l'argent rentrait. Je lui disais, chaque jour, "N'essaye pas", mais il disait que la fille insistait de plus en plus. J'ai eu beau répéter que l'islam en Libye, c'est pas cool, c'est pas comme au Sénégal. S'il essayait de déconner, ils allaient nous tuer tous les deux, et très mal. J'ai parlé pour rien, il l'a fait.

— Putain de merde ! Il l'a draguée ?

— Pire que ça, il lui a pris sa virginité.

— Le con !

— Comme tu dis. Il est venu me l'annoncer mais complètement stressé, quoi. Il a ajouté que la petite, juste après, au moment où il était content de lui, détendu, elle lui a sorti qu'elle allait devoir tout avouer à son père, sinon, le jour du mariage, ça allait être le bordel. Elle ne pouvait pas garder tout ça pour elle, il fallait qu'il sache. C'est le boss de tout, quoi.

— Après ?

— C'était tard le soir. J'ai pas attendu, j'ai pris mes affaires, j'ai dit à ce niqueur de Gino d'emballer les siennes, et vite on est partis à la recherche d'une voiture à louer pour filer vers la frontière le plus tôt possible. Avant que le père, qui allait nous prendre en chasse, ne nous mette la main dessus. Arrivés là-bas, on a dû sortir beaucoup d'argent pour pouvoir passer en Algérie.

— Et là, le message, il disait quoi ?

— Ça craint, man. Jamais je ne pourrai lui dire la vérité. Tout ce que je lui ai raconté, c'est que le père était très en colère et qu'il l'avait battue. Je peux pas lui dire qu'elle est séquestrée depuis plus d'un an, qu'elle a été enceinte de lui, qu'à l'heure actuelle elle doit avoir accouché de son enfant et que, maintenant, elle doit vivre près d'hommes, de femmes et d'enfants venus de toute l'Afrique, qu'on a parqués dans sa cour comme des bêtes. Regarde l'état dans lequel il est depuis cette histoire, il a des remords graves. Là, elle a écrit que ces temps-ci elle se réveille avec les bruits stridents de machines qui coupent et soudent le fer. Elle a été déplacée de sa chambre vers une autre qui donne sur une cour où son père est en train de construire des cages, man. J'ai des amis, gambiens, nigérians, érythréens, qui sont passés par la Libye, et ils m'ont dit qu'on attrapait les migrants dans le désert. Tu vois rien, là-bas, eux, ils connaissent. Ils les gardaient en otages jusqu'à ce que quelqu'un paye une rançon par Western Union à partir de Gao, Kidal ou Mogadiscio. Ils ont dû payer plusieurs fois quatorze mille dinars[1] avant d'atteindre la frontière. Parfois, elle entend des drôles de cris, et même des coups de feu. La nuit ou le jour, on enterre sur place.

— On connaît la situation du pays... Gino est déjà devenu bizarre à cause de la petite, heureusement qu'il ne sait pas tout.

— Il est traumatisé, man.

— Il aurait dû être traumatisé quand la fille lui a fait des propositions, il serait mieux, là.

À ce moment, l'attention de Sese fut attirée par une silhouette familière ; Ichrak, de loin, lui faisait signe de se dépêcher en indiquant un tramway qui approchait à grande vitesse, se dirigeant vers le boulevard Mohamed-V.

— L'homme, je dois y aller maintenant. J'ai un business avec la petite.

— Fais-lui le bonjour de ma part.

Et Sese, non sans avoir lancé quelques billets sur la table, se mit à courir pour attraper le tram.

---

1. Environ cent cinquante euros.

— Dis-moi, Sese, à quoi servent tes Nike si c'est pour courir moins vite que Michael Jordan, le vanna Ichrak. C'est la Bouzid qui te nourrit trop bien ?

— Tu voulais quoi, que j'arrive devant toi essoufflé ? Charisme d'abord.

En faisant une sorte de révérence, il indiqua la porte du tramway de la main lorsqu'elle s'ouvrit.

— Après toi, ma chère.

On entendit comme un soupir à la fermeture, puis un glissement feutré ; les cinquante tonnes des rames Alstom, type Citadis, s'ébranlèrent mais tout en douceur grâce à la propulsion d'un moteur de 750 kilowatts et 720 volts de tension. Les vitres panoramiques reflétaient les palmiers des alentours, la tour de la médina, l'hôtel Hyatt-Regency, les derniers étages de la banque BCMI. Le soleil avait entamé sa course descendante et le ciel avait viré à l'orangé. Au carrefour de la place des Nations-Unies, les accélérateurs des automobiles dégageaient des effluves de carburant, les conducteurs concentrés mettaient les klaxons à contribution pour se ménager un trajet sécurisé. Des phares étaient déjà allumés. Sur les trottoirs, les vendeurs d'eau du désert, en costume traditionnel rouge et grand chapeau conique, tentaient de vendre leur dernière goutte de liquide, servie dans un bol d'étain captant les ultimes rayons épars. Sur le même espace, les marchands devenaient fébriles avant le coup de sifflet final. Les passants se hâtaient de rentrer chez eux. Les arrêts de bus étaient encombrés d'une foule fatiguée par un dur labeur et, dans la lumière couleur safran, la voix du muezzin planait, majestueuse, réconfort sûr devant les défis qui se lèvent chaque jour en même temps que l'aurore lorsqu'elle apparaît sur Casablanca, celle que l'on nomme aussi ad-Dar al Bayda'.

*

Il avait fallu un peu de temps avant qu'Ichrak ne se lance dans le business de Sese. C'était notoire, la fille était farouche. Ne voulant pas faire mentir sa réputation, elle avait tardé avant de tenir sa promesse mais elle avait fini par venir voir le jeune Congolais. Sa chambre était meublée sobrement : un lit, une tringle, un plan de travail sur lequel trônait l'ordinateur, deux chaises ainsi qu'un fauteuil tout en rondeurs, posé dans un coin de la pièce. Les jeunes gens étaient assis côte à côte devant l'écran qu'Ichrak fixait du coin de l'œil avec une moue de méfiance matinée de dédain pour cacher sa gêne devant l'épreuve qui l'attendait, même si elle avait prévenu Sese qu'il n'était pas question qu'elle montre quoi que ce soit. Ichrak espérait que le jeune homme avait raison et que sa beauté ferait tout le travail, même si elle en doutait. Quand une sonnerie de trois notes différentes se fit entendre, les jeunes gens furent aux aguets. Un visage apparut. Il ressemblait à celui du président Hollande, mais avec des poches sous les yeux, les cheveux grisonnants, et pas du tout doté du même coiffeur. Le quidam se dénommait, effectivement, François.

— Allô ? fit-il.

Assis en dehors du champ de la caméra, Sese œuvrait comme un souffleur lors d'une représentation.

— Fais-lui ton sourire, chuchota-t-il à Ichrak.

— Bonjour, dit-elle en souriant.

Pour Sese, c'était déjà dans la poche. Le sourire d'Ichrak et quelques "Ah…" et "Oh…", suivis d'une expiration, après toutes les deux ou trois phrases du gogo, l'avaient déjà mis dans un état indescriptible. On sentait qu'il n'avait plus qu'une envie : sauter dans l'écran et prendre à bras-le-corps cette femme qui souriait avec tant de chaleur et de conviction. Après quelques minutes d'échange – "Tu vis où ?" "Tu fais quoi ?" "Tu es marié ?" – augmentées de diverses moues conseillées par Sese, celui-ci souffla encore :

— Penche-toi, vas-y !

La jeune femme avait apporté avec elle trois tenues traditionnelles différentes, et c'est Sese qui avait évalué le décolleté qu'Ichrak devait porter. Il connaissait Internet ; il ne devrait pas être plongeant, ni trop étroit non plus, il devait juste provoquer un électrochoc. Le simple fait de deviner la poitrine d'Ichrak – Sese pouvait en témoigner – était déjà un périple en soi. Lorsque la jeune fille s'approcha davantage du minuscule LED au-dessus de l'écran, un silence solennel se fit et on n'entendit plus que le bourdonnement parfois grinçant du ventilateur de l'ordinateur qui semblait, lui aussi, avoir pris un coup dans les rouages. De temps en temps, Ichrak émettait un murmure aussi caressant qu'une brise en début de saison des pluies ou un "Ah…" suivi d'une légère expiration venue du fond d'elle-même. De l'autre côté de l'écran, on sentait que quelque chose de crucial allait se dérouler. Sese ne voulait pas regarder, mais il perçut une ombre qui bougeait régulièrement et de plus en plus vite.

— Le screenshot ! chuchota-t-il, tel un coach.

Un peu trop fort, sans doute, mais le type n'entendait plus rien et ne voyait plus grand-chose, de toute façon. Ichrak cliqua sur SnapMyScreen.

— Tu peux couper.

— François ?

Pas de réponse, juste du frottement sur du tissu.

— Je dois partir, prévint Ichrak.

— Attendez ! supplia François, au bord de l'apoplexie.

C'est le moment qu'elle choisit pour interrompre la conversation.

— Super !

Les jeunes gens se tapèrent dans les mains.

— Tu vois, c'est facile. Comme tu as coupé comme ça, na canaille[1], il va te recontacter. Pas maintenant. Il t'a vue, le reste, ça va aller tout seul, t'en fais pas pour ça. Tu lui feras encore le coup, puis un soir j'apparaîtrai et je lui ferai le topo après avoir cherché sa femme, ses enfants, ses amis et ses collègues sur le Net. Là, je le fais casquer, c'est un type normal, il aura peur. Tu as vu sa tête ?

— Tu es fou, Sese. Le pauvre.

— Il n'aura que ce qu'il mérite. C'est quoi, ces habitudes bizarres qu'ils ont, ces types ? Et puis, admirer ton décolleté, comme ça ? Pour rien ? Tu rigoles, ma sœur.

— Toi, par contre, tu rigoles pas, mon frère.

— C'est clair.

Ce jour-là, le dénommé François ne fut pas la seule victime de l'attraction irrésistible que provoquait Ichrak.

1. De manière canaille : exprès.

101

Juste avant qu'elle et Sese n'arrivent devant le Café Jdid, Si Miloud observait son jeu mais faisait semblant de rien, comptant sur une erreur d'Abdelwahed qui, lui, maudissait ce qu'il voyait entre ses mains et en même temps – à cause de cela – tous ses partenaires de jeu confondus. Pendant ce temps, Ramdam buvait du petit-lait. Il remerciait mentalement sa mère – que Dieu ait son âme – de l'avoir conçu si intelligent, car chaque carte qui avait été posée l'avait été à bon escient. À l'instant où Mekloufi pensa assommer tout le monde en abattant la couleur que personne n'attendait, il interrompit son geste, la main en l'air, car Ichrak et Sese venaient d'apparaître. La jeune femme avait attaché ses cheveux et une mèche descendait négligemment sur son œil droit, ajoutant du mystère à ses traits, décuplant l'émoi chez les joueurs de cartes. De plus, elle était vêtue d'une robe bleu électrique à fines bretelles, lâche à la taille, descendant au-dessus des genoux. Les lanières en cuir de sandales plates liaient ses chevilles, en soulignant le galbe. Les jeunes gens n'étaient encore qu'à vingt pas, pourtant la salive commença à abonder dans la bouche des quatre consommateurs installés à la terrasse. Pris au dépourvu, leur système nerveux central n'envoyait plus d'impulsions que vers le milieu de leur corps, vers le ventre et ce qui suivait.

Lorsque Sese les salua d'un "Salam aleykoum !", aucun n'osa entendre la salutation discrète de la voix grave et veloutée d'Ichrak, de peur d'une damnation. Seul Mekloufi, grâce à son passé de trafiquant de haschich, put malgré tout garder une petite dose de sang-froid et répondre quelque chose d'approximatif, mais sa main levée, destinée à triompher, retomba sur la table. Résigné, il ne put que secouer la tête car la démarche et le coup d'œil de trop sur les hanches fabuleuses de la jeune femme qui passait juste à côté d'eux avaient totalement bouleversé leur métabolisme, aux joueurs, le plaçant brusquement en mode low-bat avec obligation de consommation minimale d'énergie. Tous se sentaient soudainement fatigués, le cerveau dérivant pour échapper à cette attirance de nature purement animale. Les bougres n'y pouvaient rien. Tout était juste un peu trop, chez Ichrak, mais un "trop" évoquant l'abondance maîtrisée, la somptuosité délirante, la générosité pourvoyeuse d'apaisement. La vision stéatopyge, sous une taille de guêpe, roulait avec une précision diabolique, sans dérapage aucun, comme ces globes célestes formant les planètes dans le vaste firmament étoilé et qui nous surplombent de façon si magnifique. Ils se sentaient profondément émus, et la victoire que comptait savourer Mekloufi ne représenta plus rien. Frappé, l'ex-trafiquant préféra respirer et méditer une minute avant d'abattre complètement ses adversaires, encore tétanisés par l'émotion, perplexes, le regard contemplant un horizon imaginaire fait des arabesques formant la morphologie supra poétique de la sublime apparition.

*

Assise sur une banquette recouverte d'un fin matelas, Ichrak observait une fourmi qui longeait le mur en face d'elle, portant au bout de ses pinces ce qui semblait être une boulette de semoule. La jeune femme s'était demandé comment l'insecte avait pu dénicher sa pitance dans un endroit respirant autant la misère. Son cœur battait la chamade et l'inquiétude avait pris possession d'elle depuis que la voiture de police conduite par Lahcen Choukri l'avait interceptée au coin de Boukra et Moulay-Youssef. Elle ne comprenait toujours pas ce qu'il s'était passé.

L'après-midi, en son absence, sa mère avait jeté les doses d'une semaine de médicaments dans un de ses accès de démence, puis elle avait expliqué à Ichrak qu'elle ne voulait plus les prendre, quelqu'un les avait empoisonnées. Le soir, son état psychique avait empiré. Ichrak avait eu l'impression que le cerveau de sa mère allait exploser, tant elle n'avait pas arrêté de hurler des imprécations et des menaces à l'encontre de la terre entière, mais surtout à son encontre à elle. La jeune femme avait dû sortir en pleine nuit pour trouver les remèdes chez un pharmacien qu'elle connaissait. C'est en rentrant qu'elle était tombée sur Choukri. Elle risquait d'être gardée jusqu'au petit matin et sa mère était seule, livrée aux démons et à leurs tourments. Il fallait qu'elle sorte de là, mais personne ne venait la voir, on ne l'avait même pas interrogée.

Lorsque Daoudi franchit la porte de la préfecture, il sentit tout de suite quelque chose comme un bonus qui s'annonçait pour lui dans l'enthousiasme que Choukri témoigna à son entrée. Le jeune policier aurait-il capturé l'ennemi public numéro un ? Impossible. À Derb Taliane, trop nombreux étaient ceux qui se disputaient ce titre. Un djihadiste-recruteur aurait-il été démasqué ? Dans le quartier, on l'aurait écharpé depuis longtemps, si c'était le cas. Le jeune inspecteur avait toujours voué de l'admiration à Daoudi, et il voulait lui ressembler par certains traits de caractère, notamment sa façon d'afficher de la froideur, tout comme son autre idole, Booba. Il appréciait cette attitude de fermeté devant l'équipe. Mais il captait aussi une magnanimité toute paternelle à son endroit. Si bien qu'il aspirait à plaire au boss autant qu'il le pouvait. Avant même que Choukri ait ouvert la bouche, Daoudi le questionna :

— Accouche. Qu'est-ce que tu as à me dire ?

— Tu ne devineras jamais, mon commissaire.

— Quoi, j'ai gagné le gros lot à la loterie ?

— Presque, mon commissaire, et, cela grâce à ma vigilance. Elle est là.

— Qui est là ?

— Ichrak. Elle t'attend.

— Où ?

— Dans une cellule, bien sûr, où veux-tu qu'elle soit ? Tu m'avais dit, si jamais je la vois, je l'attrape pour toi, je l'ai attrapée.

Une lueur passa dans le regard du policier.

— Tu sais pourquoi je t'ai chargé de cette mission ? demanda-t-il. Parce que j'ai confiance en toi. Je savais que toi seul pouvais la remplir. Tu es mieux qu'un fils. Jamais, tu m'entends ? Jamais, un fils n'aurait offert à un père ce que tu m'apportes aujourd'hui.

Le commissaire gagna son bureau non sans avoir concédé un sourire vite figé, pour témoigner justement de son tempérament de glace. Le jeune inspecteur ne répondit rien, trop bouleversé. Le garde-à-vous suivi du salut sur la visière de la casquette marquée OKLM prouva toute son émotion.

Lahcen Choukri aimait rouler en voiture le soir, les puissantes basses de sa musique pulsant hors des vitres ouvertes. Sur le boulevard Moulay-Youssef en direction de la mer, il s'était identifié pendant quelques kilomètres à Dr. Dre sur Main Street dans la ville de Compton[1]. Booba susurrait dans les baffles de sa voix grave : *"Street life, pas de diplomatique immunité / J'suis là pour tout baiser pas pour sauver l'humanité."* La "street", ou la "rue", comme on dit de l'autre côté du périphérique parisien et à Casa, c'était la raison de vivre de Lahcen Choukri. C'était pour cela qu'il avait opté pour une carrière dans le maintien de l'ordre. Au lycée, il avait lu *Zaman Al-Akhtaâ aw Al-Shouttar*, *Le Temps des erreurs*, le roman magnifique de Mohammed Choukri, et cela l'avait fortement influencé. Il savait dorénavant comment un voleur, un assassin, une pute, pouvaient penser et fonctionner. Il était tellement enthousiaste à l'égard de l'écrivain qu'il se mit à propager la légende urbaine selon laquelle Mohammed Choukri ne serait autre que son propre oncle – le frère de son père, un ex-voyou – et qu'il l'aurait écrit pour lui, son neveu Lahcen, afin qu'il ne quitte jamais le droit chemin. Choukri convainquit tant et si bien qu'il finit lui-même par y croire, à son mensonge. La rue, par la littérature interposée, devint une véritable école. Plus tard, la lecture n'étant pas son fort, il se rabattit sur la sagesse promulguée par le rappeur sénégalais Booba, qui en savait presque autant que son oncle, ses sentences étaient nettement moins longues à mémoriser, ses "métagores[2]" déchiraient pas possible et le gars arborait des tenues et un look qui l'inspiraient davantage. Au moment où

1. Ville du comté de Los Angeles en Californie, célèbre pour sa criminalité et lieu de naissance de Dr. Dre, rappeur américain.
2. Mot formé par "métaphore" et "gore".

il réfléchissait à se tatouer tout l'avant-bras, il avait remarqué une silhouette qu'il connaissait, déambulant sur le trottoir. L'inspecteur s'était rapidement garé en double file, avait posé un gyrophare sur le tableau de bord, était sorti de la voiture. Il s'était rué sur Ichrak, l'avait saisie par un bras, et tenant la portière du côté passager, il avait ordonné :

— Monte !

La fille s'était débattue.

— Qu'est-ce que tu veux ? avait-elle crié.

— Surtout ne discute pas !

Des éclairs bleus zébraient son visage. D'une main puissante, Choukri l'avait propulsée sur le siège avant et avait claqué la portière. La fille s'était bagarrée avec la poignée mais le policier savait qu'on ne pouvait pas l'ouvrir de l'intérieur. Il avait démarré en direction de la préfecture, mais seulement après avoir menotté la belle. Ichrak glapissait des injures à l'oreille du jeune flic alors que Booba avouait sans fard : *"La rue m'a rendu fou, je suis fou d'elle / Je n'ai d'yeux que pour elle / La seule qui me convienne / Je suis tombé pour elle."* Lahcen n'affichait qu'indifférence et froideur, tels ses mentors dont l'un chantait actuellement dans un environnement fait de basses fréquences et de caisse claire. Le chanteur ajouta encore comme pour prévenir la jeune femme : *"Rien à foutre, si tu parles mal, on va t'allumer. / J'veux pas faire la paix mais j'veux bien fumer le calumet."* Lahcen Choukri était pareil à son idole, il était le chasseur, jamais la proie, et aimait le sentiment que cet état de fait procurait.

Un temps infini s'était écoulé avant que la porte de la cellule ne s'ouvre. Daoudi avait attendu que la préfecture se vide pour se présenter devant la jeune femme. Ichrak eut un sursaut de surprise en reconnaissant le commissaire.

Leur relation n'avait pas été des plus cordiales avant ce jour. Après leur première rencontre, ils s'étaient revus deux ou trois fois. Un jour, il lui avait proposé de la conduire en voiture là où elle désirait se rendre mais les choses s'étaient plutôt mal passées. Le policier avait cru pouvoir se laisser aller. Il avait arrêté la Dacia dans un embranchement en travaux du boulevard de la Corniche. Au loin, l'étendue bleue de l'océan scintillait mais, pour Daoudi, ce n'était qu'un décor n'intervenant en rien dans sa décision. Il n'y était pas allé par quatre chemins. Pour lui, une fille qui acceptait de se faire reconduire en voiture savait ce qu'elle voulait. Aussitôt, le moteur arrêté, le frein à main tiré, il lui avait pris la main. Il avait fait mine de la caresser mais l'avait posée sur son érection. Ichrak avait sursauté comme si elle avait touché un serpent et avait saisi son poignet. Puis elle s'était jetée sur la portière.

— Qu'est-ce qui te prend ? avait éructé Daoudi.

— Toute la mer ne te suffit pas ? avait répondu Ichrak, le bras et la main jetés vers le large. Qu'est-ce qu'il te faut de plus ?

— Toi !

— Et c'est comme ça que tu comptes t'y prendre ?

— Pute ! Pourquoi tu es entrée dans cette voiture ?

Ichrak avait ouvert la portière, était sortie du véhicule et, à grandes enjambées, s'était dirigée vers le boulevard pour un lift. Désormais, s'était-elle juré, elle se garderait bien de l'approcher, le flic.

— Alors, mes hommes t'ont prise pour une pute, eux aussi ?

Sa stature dominait l'espace exigu du cachot.

— Laisse-moi partir, Mokhtar, tu me connais.

— Tu doutes des capacités de Choukri ? C'est mon meilleur homme. Il sait reconnaître les filles comme toi. Il t'a vue marcher sur ce trottoir.

Le commissaire observait la jeune femme, les yeux mi-clos, comme ferait le chat évaluant les chances de la souris égarée au mauvais endroit. Ichrak était au bord de la panique.

— Je rentrais, j'étais sortie chercher un remède pour ma mère. – Elle fouilla son sac, en sortit une petite boîte de médicaments, mais Daoudi ne daigna pas y jeter un coup d'œil. – Je t'en prie, Mokhtar.

— Pourtant, tu t'es comportée comment, la dernière fois qu'on s'est vus ?

— Laisse-moi partir.

— Te laisser partir ? Il n'y a que les montagnes qui ne se rencontrent pas. Maintenant que tu es ici, tu ne crois tout de même pas que ça va se passer comme la dernière fois ? Tu sais, dans le désert, il faut toujours être celui qui a l'eau et le chameau. J'ai les deux et tu n'as rien.

Le cerveau de la jeune femme enchaînait les conjectures mais aucune solution ne venait, il fallait absolument qu'elle sorte de ce piège, sa mère ne pouvait demeurer seule toute la nuit, il pouvait lui arriver n'importe quoi. Daoudi poursuivait :

— Je sais que tu ne fais pas le trottoir, tu ne le ferais jamais. Je devrais te libérer, mais là, ma petite, tu vas faire la pute pour moi.

Et il s'approcha de la jeune femme assise sur le grabat crasseux dans cette cellule exiguë de la préfecture de police, rue Souss, dans le quartier populaire nommé Cuba, comme Cuba, là-bas, loin.

*

En tant que mâle alpha, Saqr al-Jasser avait perçu comme un augure favorable l'appellation de ce quartier ouvert sur l'océan et portant le doux nom d'Ain Diab, "la source aux loups". C'est là que le million-naire saoudien s'était fait la main, procédant à ses premières acquisitions de terrains selon l'opération en trois phases qu'il comptait réitérer : expulsion, destruction, constructions de prestige. Fort de son premier succès, il prévoyait d'agir de façon iden-tique sur le prolongement naturel de cet espace : les quartiers Derb Taliane et Cuba. De ces lieux, le nabab avait décidé de faire un site réservé, exclu-sif, où seuls les loups auraient le droit de s'abreu-ver. Cet animal étant ce qu'il est, ne connaissant qu'une seule façon de procéder, avait décidé de suivre naturellement son instinct et de se mettre en mode "chasse", en choisissant comme auxiliaire la belle et fortunée Farida Azzouz. Si le loup avait jeté son dévolu sur Farida, ce n'était pas le fruit du hasard non plus : il l'avait reconnue comme fai-sant partie de son engeance. Il existe d'ailleurs dans chaque meute ce qu'on appelle la femelle alpha, et Farida incarnait parfaitement ce caractère spéci-fique. Mais on ne pouvait pas tout avoir. Elle était bien trop indépendante au goût d'Al-Jasser.

Il se contentait donc de ronger son frein, applau-dissant tout de même à la dernière note entonnée par une chanteuse accompagnée de trois musiciens sur une scène vers le milieu de la salle. Ces derniers se coulaient parfaitement dans le décor mauresque du Rick's Café composé d'un balcon, d'une galerie, d'arcades, et parsemé de plantes vertes pour ajouter de la fraîcheur et des ombres mouvantes. Le lieu était agréable et rappelait facilement le film *Casablanca*, dont il se revendiquait, attirant des cars de touristes japonais, chinois, américains. Celui qui avait bâti le restaurant avait eu un éclair de génie. L'intrigue où Humphrey Bogart faisait l'espion n'aurait pourtant jamais pu avoir lieu dans cette ville, le nid d'espions étant Tanger, un nom moins vendeur que Casablanca, la "maison blanche". Il y avait bien des arcades et des plantes vertes dans le Rick's du film mais ici, pour le visiteur, ils étaient beaucoup plus vrais, tout comme les Mickey et Daisy Duck distribuant les prospectus dans les Disneyland ; ils vous reconnaissent, on peut prendre des selfies à leurs côtés, ils ne sont pas en carton-pâte, eux. Alors les gens se précipitent vers ce rêve issu d'un autre rêve, croyant boire dans le même verre de whisky que Bogart lorsqu'il voit Ingrid Bergman franchir le seuil de son bar et prononce, le regard mélancolique : *"Of all the gin joints in all the towns, in all the world, she walks into mine[1]."* Toute cette réalité était fausse et personne n'en avait rien à faire, on n'attendait qu'une chose, entendre un *Play it again, Sam* adressé par un des serveurs aux musiciens de l'orchestre oriental, même si l'un d'eux aurait pu s'appeler Samir. Le Saoudien savait ce que pouvait rapporter l'exploitation d'un concept, il comptait agir de même en construisant, sur les ruines de

---

1. "Parmi tous les bars de toutes les villes du monde, elle est entrée dans le mien."

Derb Taliane et du quartier Cuba des infrastructures au design futuriste, un hôtel cinq étoiles, un vaste mall avec des boutiques de luxe clinquantes comme des riyals-or[1], des infrastructures au design futuriste, une zone piétonne pavée comme les voies du paradis, un tunnel sous l'avenue Tiznit aux parois d'aquariums géants pour faire comme si on était sous la mer, des fontaines aux eaux cristallines partout où se poseraient les yeux, des bancs pour une halte des familles comme dans une pub faisant la promotion du bonheur. Le décor présent convenait parfaitement à la conversation que Farida Azzouz et lui avaient à tenir car, certainement, il y aurait des faux-semblants, des circonvolutions, comme en faisait la voix de la chanteuse à cet instant.

La musique avait repris et une complainte emmenait Saqr al-Jasser en dehors des discussions d'affaires, le livrant à l'observation des clients qui chuchotaient en mangeant, à la perception des ombres et des lumières qui jouaient sur les drapés des tentures et de la voilure surplombant le patio. L'instant constituait un répit avant son entrevue avec la dame, car il n'aimait pas cette inclination qu'il éprouvait pour elle. Depuis un moment, à son corps défendant, l'observation des contre-jours ancrait en lui des visions de l'intérieur satiné des genoux de Farida Azzouz lorsque la soie de sa robe les dévoile un bref instant. C'est ce genre d'événement qui l'empêchait de négocier comme il fallait, c'est-à-dire en restant inflexible. Et justement, il était en train de subir son bon vouloir : cela faisait plus de vingt minutes qu'il était là à l'attendre. La

1. Monnaie saoudienne.

dernière fois qu'ils s'étaient vus, c'était la même histoire. C'est ce qu'il n'aimait pas dans ce pays, on y pratiquait un islam pas assez intraitable. Les femmes se permettaient n'importe quoi. Chez lui, il n'aurait même pas à lui adresser la parole. Le Maroc avait encore d'énormes progrès à accomplir en matière de gestion de la femme.

Il est vrai que Mme Azzouz était en position de force. Il avait besoin des terrains débarrassés de ces foutus immeubles qui ne faisaient que pourrir le paysage. Pour boucler le dossier de son investissement, il ne lui restait qu'à s'assurer ces quelques ares. Et cette garce prétendait qu'elle devait d'abord faire évacuer… Effectivement, ce n'était pas chose facile, certains des appartements étaient habités par des irréductibles du quartier, des familles qui étaient là depuis des générations, comme les Azzouz. D'autres avaient été abandonnés en vue de spéculation mais, très vite, la nature ne supportant pas le vide, des migrants s'étaient mis à les squatter, ne laissant aucun espace vacant. C'étaient des gens – hommes, femmes et enfants – de toutes nationalités venus de plus au sud. À ce stade, Farida avait dû s'adjoindre la collaboration d'hommes de main pour espérer récupérer au moins quelques loyers. Dans un univers n'obéissant à aucune loi, parmi une population ayant bravé l'impitoyable désert, prête à affronter l'océan et la tempête, il fallait rien de moins qu'un agent immobilier aussi retors qu'un Guerrouj.

Les lois étaient mal faites dans ce pays, pensait Saqr en consultant sa montre. Il s'apprêtait à jurer mentalement mais quelque chose se bloqua car un nuage de parfum perturba soudain le cours de ses réflexions. Farida venait de faire son entrée, radieuse, en robe Saint Laurent noire et escarpins Manolo Blahnik. Un bracelet en or jaune, Panthère de Cartier, faisait danser des flammes à son poignet. Elle prit place sur le siège face à Saqr. Avant qu'elle n'ait terminé de croiser les jambes, ses mains, qui avaient traversé la table, étaient déjà posées sur un de ses poignets, chaque doigt entreprenant un tâtonnement distinct. Saqr déplorait cette habitude qu'elle avait d'être si tactile, cela l'empêchait de se concentrer.

— Comment allez-vous, cher ami ? Pardonnez mon retard, mais vous savez ce que c'est ; les affaires. Je me suis dit : "M. Al-Jasser doit être tellement fâché contre moi, je le fais toujours attendre." Mais vous ne m'en voulez pas, j'en suis sûre, ajouta-t-elle, insistant d'un effleurement des ongles.

L'homme fit un effort pour arrêter le court-circuit qui se déclenchait dans sa tête et réussit à recouvrer son intégrité, à demeurer impartial, sensoriellement parlant, bien entendu. Le serveur, en se présentant, l'y aida certainement.

— Madame désire ?

— Un Lazlo Daïquiri avec plus de rhum, s'il vous plaît.

— Et un autre Jack Daniel's pour moi.

Le serveur s'éclipsa. Saqr apprécia le choix de sa convive. Il avait cette satanée affaire à conclure et espérait bien la mettre dans son lit, aussi. Mais d'abord, en finir avec cette discussion.

— Chère Farida, comment vous en vouloir, alors que vous avez seulement fait durer le plaisir ? – La vanne était un peu éculée, mais Saqr ne s'était pas encore remis de l'entrée triomphale de la femme.

– Mais, dites-moi, qu'en est-il de nos tractations ? Quand pourrons-nous signer ?

— Je me bats. J'arrive presque au bout. Bientôt j'aurai les autorisations et pourrai enfin expulser tous ces gens. Vous ne pouvez pas savoir à quel point ils me pourrissent la vie. Ça me coûte une fortune. Mais, que voulez-vous, l'hospitalité est l'un des piliers de notre islam, qu'y puis-je ?

Saqr était effaré de tant de mauvaise foi. Elle gagnait du temps en invoquant les migrants, alors qu'il suffisait d'un lance-flammes et le tour était joué. Elle allait jongler avec le prix, c'était sûr. Lui manquait de temps. Le consortium pour lequel il travaillait avait posé un ultimatum. Un prêt assorti de plus d'une année de négociations, cela suffisait. Par ailleurs, les banques avaient exigé un apport personnel assez important, et leur accord ne serait vraiment effectif que sur présentation d'un document garantissant la vente des terrains. D'ici là, son argent était bloqué, et Farida Azzouz n'avait jusqu'à présent apporté comme caution que sa parole. Et elle temporisait beaucoup trop pour qu'il puisse espérer finaliser tout ça dans des délais qui raccourcissaient. Ça sentait mauvais. Peut-être y avait-il un concurrent ? En fouillant un peu, l'homme avait appris qu'une des motivations de la dame pour faire monter les prix serait qu'elle devait combler un gouffre financier fait d'hypothèques. Elle allait tout faire pour obtenir ce qu'elle voulait.

Le serveur se présenta avec les commandes, les servit et disparut aussitôt.

— Vous savez, Saqr, j'ai envie de vous faire plaisir, prononça Farida après avoir avalé une longue rasade à l'aide d'une paille. – Elle reposa son verre. – Ça a toujours été mon désir, et vous le savez. Je vous promets : encore quelques petites semaines et on aura avancé. Je n'arrête pas de travailler pour vous.

Saqr al-Jasser observait son interlocutrice, doutant de sa sincérité. Il s'attarda sur ses traits, cherchant le mensonge, mais cela faussa son jugement car, sous la lumière tamisée, il ne voyait qu'un visage à la pureté sans faille. Elle parla encore de lois sur la propriété, de difficultés dans le domaine des investissements, d'enjeux du futur. Tout en l'écoutant, Saqr observait son index qui faisait décrire des cercles à la paille plantée à la verticale dans sa boisson. Pendant ce temps, la chanteuse, d'une voix de gorge, décrivait en détail les tourments que son amant lui faisait subir jour après jour. Par chaque geste, chaque effet de son regard, Farida s'ingéniait à tisser une toile invisible autour de son interlocuteur. Il s'agissait de limiter l'ampleur de sa réflexion en l'emmenant sur un terrain qu'elle maîtrisait, pour le manipuler à sa guise. Après quelques gorgées d'alcool, une musique enivrante et une atmosphère pensée à Hollywood, le résultat ne se fit pas attendre : le Saoudien n'entendait plus qu'à moitié, son esprit avait sauté sur un autre sujet.

— Que diriez-vous de continuer cette conversation dans ma suite ? Je suis juste à côté, au Sofitel. Je ferai monter une bouteille de champagne. Je veux voir des étoiles briller dans vos yeux.

Farida parut interloquée, puis regarda Al-Jasser, les yeux emplis d'une tendresse énorme. Elle prit sa main entre les siennes.

— Mon Dieu, je ne vous savais pas aussi… aussi altruiste ! Comment saviez-vous ?

— Savoir quoi ?

— Vous êtes un devin, Saqr. Pour mon mari !

— Pardon ?

— C'est exactement ce qu'il m'a dit, la première fois qu'il m'a invitée à boire le champagne chez lui : "Je veux voir des étoiles briller dans tes yeux." J'avais oublié cela et vous me le rappelez, ici même, aujourd'hui. Merci. Vous ne pouvez pas savoir combien je suis touchée.

Alors, spontanément, elle s'épancha sur l'admiration qu'elle portait à son époux si élégant dans sa pensée, dans ses prises de position, dans tout ce qu'il entreprenait, notamment dans le domaine du théâtre et des arts. Pendant dix minutes, au moins. Tout de suite après, elle revint à ses immeubles et à ces pauvres Africains qui avaient fui la guerre pour se retrouver à la merci des passeurs, à braver le désert, le soleil, et qui finalement avaient trouvé refuge chez elle, Farida Azzouz. Mais en même temps, ils cassaient la robinetterie, détérioraient les peintures, payaient toujours en retard. Elle déblatéra sur le sujet pendant approximativement un quart d'heure encore, puis enchaîna sur ses devoirs de musulmane – qu'elle ne devait surtout pas perdre de vue. Elle se fendit même de deux ou trois sourates sur l'hospitalité en guise de références, chacune accompagnée d'une caresse du bout du majeur sur l'avant-bras de Saqr.

Après trente, trente-cinq minutes de ce traitement, Al-Jasser perdit le fil et son regard recommença à errer dans la salle. Puis il se mit à penser, à défaut de l'intérieur satiné des genoux de Farida Azzouz, aux trois jeunes femmes seules, habillées avec élégance, qu'il avait vues assises au bar du Sofitel. Il avait buté sur celle qui portait un chignon soulignant la finesse de sa nuque et se demandait quand son invitée allait arrêter de parler, qu'elle prenne congé afin qu'il puisse enfin satisfaire son appétit de carnassier. Les loups se comprennent grâce aux expressions faciales, à la posture, aux gémissements, à l'odeur, Givenchy ou Dior inclus. Saqr intégrait parfaitement cela mais Farida semblait avoir bouleversé les codes. Son visage donnait l'impression de respirer le désir, mais son propos exprimait tout autre chose. Le ressenti d'Al-Jasser s'en trouvait perturbé et il ne tenait pas à perdre son appétit, il avait faim. Le loup dévore ses proies en totalité, poils et os compris. Avec Farida, c'était plutôt mal barré, alors il concentra ses prétentions sur une des gazelles du bar de l'hôtel qui, au moins, étaient là pour satisfaire des hommes voraces tels que lui. Elle feindrait de se faire manger en totalité, il suffisait de s'enquérir du tarif.

*

Ichrak et Sese ne se quittaient quasi plus. La jeune femme aimait sa compagnie et, dans les quartiers Derb Taliane et Cuba, on s'était habitués à leur complicité. Ichrak avait gagné, si pas un frère, un ami sur lequel elle pouvait compter. Après avoir déposé des lots de sacs en cellulose dans plusieurs boutiques, ils avaient tracé leur chemin à travers la foule qui se pressait dans les ruelles et les galeries de la médina.

On y trouvait du prêt-à-porter Gucci, Armani, Hilfiger, Dolce & Gabbana, des chaussures Adidas, Puma, Nike Air, venues de pas loin, de manufactures à la périphérie de la ville. De l'électronique, des smartphones de toutes marques, du haut de gamme Apple s'étalaient dans des cages de verre dont le système de surveillance n'était autre que l'œil du vendeur assis sur un tabouret à proximité. Puis il y avait du cuir, des vêtements traditionnels, des tapis de prix, tissés de laine ou de fibres végétales lorsqu'ils étaient de technique berbère. Les boutiques vendant l'huile d'argan ressemblaient à l'intérieur rempli de lingots d'or d'un coffre-fort de banque suisse, à la Bahnhofstrasse, Zurich. Les précieux flacons de liquide doré, rangés soigneusement côte à côte, ornaient l'entièreté des murs, faisant chatoyer un certificat officiel estampillé par le royaume garantissant la traçabilité et coupant court à tout marchandage. Le terme "Kitoko[1]" s'affichait en grand sur le fronton d'une échoppe tenue par un Casaoui[2] lingalophone. À quelques pas, un espace profond était dédié aux marchands venus de divers pays d'Afrique. Les coiffeurs et coiffeuses officiaient dans tous les coins, les tresses étaient nouées et dénouées par les doigts agiles des femmes sous les conversations et les commentaires partagés par tout le voisinage. De jeunes aspirants beaux gosses s'essayaient à la passivité sous la tondeuse, soulagés par les basses lourdes et syncopées d'un tube nigérian. On y trouvait tout aussi bien du ndolé que du plantain, du poisson fumé que de l'ocra. On s'exprimait dans des langues issues du Centre, de l'Ouest et même de l'Est d'Ifrikya. Tous les mètres, un Ivoirien, un Sénégalais ou un Mauritanien interpellait Sese d'un "Le Congo, ça va ?",

1. "Beauté", en lingala.
2. Habitant de Casablanca.

d'un "Ça va, Grand ?" – lorsque celui qui saluait était un cadet – ou d'un "Ta fiancée est trop belle, Sese !". Ichrak était juste vêtue d'un haut de sur-vêtement Adidas noir et blanc, de Converse tige haute dans les mêmes tons aux pieds, d'une jupe en jean, mais sa démarche assurée et fluide faisait la différence, les frères savaient regarder.

Ils empruntèrent le dédale des ruelles jusqu'à atteindre le bas de la rue Goulmina pour la remon-ter. Ils arrivèrent bientôt aux arcades, et traversèrent. L'immeuble où habitait Dramé était assez imposant, même si la peinture en était fatiguée et partait en copeaux. Ils poussèrent la porte sans rien deman-der à personne mais furent bousculés par la masse de Gino qui passa devant eux, les yeux cerclés des lunettes noires. Il sortit sans même leur jeter un coup d'œil, on aurait dit un non-voyant. Il disparut de leur vue comme un lambeau de fumée, les coups de klaxon au-dehors signalèrent qu'il traversait.

— Tu vois ce type ? Il a déconné grave, révéla Sese à Ichrak. Regarde comment il est devenu, on dirait un zombie, je te jure.

— Il a fait quoi pour déconner ? demanda Ichrak.

— Je t'expliquerai plus tard, c'est trop long, une histoire de femme en Libye, un enfant aussi, je crois.

Dans la cage d'escalier, on entendait des voix s'inter-peller en wolof et en bambara, en malinké et en peul.

— Suis-moi, indiqua Sese.

Ils montèrent l'escalier jusqu'au deuxième étage. Le jeune homme frappa à une porte. Elle s'ouvrit et fit apparaître un visage encadré de tresses ras-tas plus épaisses que trois ou quatre doigts réunis.

— Oh, Sese ! s'exclama le baye fall en s'effaçant, entre, mon frère !

Sese fit passer Ichrak et ils se retrouvèrent dans un salon d'une trentaine de mètres carrés où deux matelas posés sur des tapis prenaient tout l'espace. Deux types y étaient assis.

— Moi, c'est abdoulaye, dit l'un d'eux.

— Salam aleykoum ! salua simplement l'autre.

— Le roi du Congo est là ! La reine d'Afrique est bien présente ! Faites la place ! Asseyez-vous, j'arrive.

Une odeur de cuisson se dégageait de la cuisine où leur hôte se dirigea.

— Je tourne un peu cette sauce et je vous rejoins. Le mafé, il faut surveiller, sinon, les arachides, ça peut brûler vite.

Ichrak et Sese s'installèrent. Les murs presque vides étaient décorés d'un verset du Coran sous cadre, d'un poster de Bob Marley le joint à la bouche, et y pendaient également des vêtements accrochés à des clous. Au sol, dans un coin, étaient entassés de grands sacs tissés en PVC, imprimés dans des motifs écossais bleus ou roses.

— Comment tu vas, Sese ? À la maison, ça va ?

— Pas mal.

— Et la santé ?

— Nickel.

— Hamdoulilah[1]. Et Lahla Saïda, elle va bien ?

— Super.

— Hamdoulilah. Et les enfants ?

— Au top.

— Hamdoulilah. Et vous, mademoiselle, ça va ?

— Très bien, merci, répondit Ichrak.

— La famille, ça va ?

— Oui, merci.

1. "Dieu soit loué."

— La santé, ça va ?

— Hamdoulilah.

— Hamdoulilah.

— Ichrak, je te présente mon copain, Dramé. C'est lui qui m'a tout appris, ici. Lui, c'est moi, moi, c'est lui.

— Il exagère, il avait du talent et c'est tout. C'est un Congolais et eux, tu vois, ils savent comment parler aux femmes. La preuve, vous êtes là. Vous êtes très belle, mademoiselle.

— Merci.

— Ne l'écoute pas. Comme tu le vois là, c'est le grand prêtre des finances. Il a été formé par des cyber-escrocs nigérians et des chekouleurs[1] congolais, il a un doctorat. Il est dans les opérations de versements bancaires, d'aspiration des comptes, c'est un magicien des codes secrets et du faux et usage de faux. Il touche du blé à la pelle, c'est mon mentor.

— Les affaires, ça va, mais on n'est plus en sécurité de ce côté-ci du quartier, Sese. Des gars passent régulièrement et nous menacent. On ne pourra bientôt plus faire face.

— La dernière fois, ajouta Abdoulaye, ils sont venus à une douzaine, armés de barres de fer et de couteaux. Ils ont mis le feu à un appartement, deux immeubles plus loin.

— On a peur, maintenant. Si ça continue, on devra partir d'ici. C'est ce qu'ils veulent, man.

— Ça va se calmer, essaya de rassurer Sese.

— Se calmer ? Comment ? Près de Tanger, il y a quelques années, à Boukhalef, ils ont tué trois

1. Pratiquant du "chekoula", ou faux chèque certifié.

Africains et ont même égorgé un Sénégalais, un gars de mon quartier à Dakar.

— Ils l'ont tué pour rien, mon frère, pour rien du tout, se lamenta Abdoulaye, qui n'avait quitté la Casamance et son Ziguinchor natal que pour rechercher un peu de bien-être ailleurs dans le monde.

— À Boukhalef, c'est des bledards, on est à Casablanca, ici, c'est la mégapole, c'est le cosmopolitisme, mon cher.

— Tu blagues, Sese ? Quand ça se passe, il y a des meneurs qui vont monter la tête à nos propres voisins pour nous faire la peau, man. Tu vois ce groupe, sur le trottoir d'en face ? Ce sont des fouteurs de merde. Ils cherchent la petite bête. C'est comme des chacals. Ils vont nous lyncher un de ces jours. Viens voir.

Sese se leva et se dirigea vers la fenêtre. Une demi-douzaine d'individus squattaient quelques mètres le long des arcades longeant une partie de la rue où s'abritaient les vendeurs de journaux, de livres, de cigarettes, de boissons. Les types étaient postés là comme pour surveiller l'immeuble, mais en se faisant remarquer le plus possible ; à cet instant, ils se tapaient dans les mains et rigolaient à la réflexion de l'un d'entre eux. Sese ne s'attarda pas et retourna s'asseoir sur le matelas.

— Ils sont dangereux, man, poursuivit Dramé. Le couteau dans la poche, ça manque jamais. La dernière fois, je me suis pris la tête avec l'un d'eux. Heureusement qu'on était à plusieurs. C'est des embrouilleurs, quoi. Quand il y a le bordel, il faut faire très attention.

— Super attention, conclut Abdoulaye.

L'autre type assis sur un des matelas ne disait rien, comme s'il n'y avait rien à dire, une vraie fatalité.

Ichrak écoutait la conversation le cœur désolé, ce n'était facile pour personne.

— Il y a des problèmes, ici, c'est vrai, se lança-t-elle. Ce sont des riches qui veulent chasser les gens et construire leurs immeubles, installer des commerces de luxe depuis la mer jusque dans le quartier, mais sans nous, les habitants. Les gens sont frustrés, alors il suffit que quelques-uns leur montent la tête et la foule en profite pour passer ses nerfs sur le premier qu'ils trouvent. C'était pas comme ça, avant. On vivait tranquilles.

— Pourtant, le gouvernement compte régulariser plus de cent mille ressortissants d'Afrique, intervint Sese. Où tu as vu ça dans le monde ? En pleine migration des peuples ! Au moment où des murs s'élèvent partout.

— Les mecs d'en face, c'est des cons, ils ont rien compris ! Et des gars comme ça, il y en aura toujours. Et puis, comme le dit ma sœur, c'est aussi une question de fric, comme toujours. – Dramé se leva. – Je vais voir le mafé, c'est plus intéressant.

— Poussez-vous, c'est chaud !

Dramé revenait de la cuisine avec un grand plat rempli de riz et de légumes nappés d'une sauce aux arachides et accompagnés de morceaux d'agneau. Il posa la nourriture sur le tapis et invita ses hôtes.

— Il faut manger ! Ichrak, ma sœur, mange, c'est bon !

Les convives se penchèrent vers le plat et, à la main, se mirent à manger. L'ami d'Abdoulaye ne disait toujours rien, se contentant de mordre dans un morceau de viande devenu tendre grâce aux soins de Dramé.

— J'ai croisé Gino, en bas, en arrivant, dit Sese entre deux bouchées. Ça ne s'arrange pas, pour lui. Il est complètement à l'ouest, dis donc. Il était ici ?

— Oui, man. Il m'a encore fait lire un de ses messages. Putain, il sait pas oublier cette fille ? C'est grave. Là-bas, celui qui a un terrain, un hangar, un espace, n'importe quoi, il capture des migrants et les séquestre. Le père de Doja est en train de lui montrer ce qu'il aurait fait à Gino s'il l'avait attrapé, alors maintenant, dans sa cour, il s'est mis à les vendre comme du bétail. C'est l'esclavage des Africains qui continue, man. La petite assiste à ça presque tous les jours, elle n'en peut plus.

— Putain ! ne put qu'articuler Sese.

— Depuis quelque temps, elle voit aussi des Arabes dans les cages, des Marocains ou des Tunisiens, elle ne comprend plus.

— Mon Dieu ! s'écria Ichrak, ils vont en faire quoi ? Pas les vendre comme esclaves, tout de même ?

— Qui sait ce qu'on fait avec ces gens ?

— Sese, tu ne m'avais pas parlé d'un enfant, aussi ?

— Dramé, arrête avec cette histoire de Gino, on mange.

Le fumet se dégageant du plat était délicieux mais les conversations s'étaient arrêtées progressivement. Après quelques bouchées encore, le cœur n'y étant plus, Dramé débarrassa les plats. Sese et la jeune femme prirent bientôt congé et remercièrent pour le repas. Ils descendirent l'escalier sans un mot.

*

Comme Dramé ou Abdoulaye, mais pour d'autres raisons, Sese avait souvent pensé à fuir son pays, le Congo, où aucun avenir ne se profilait à cause du coltan, du pétrole qui arrivent, de l'éthique des opposants. Il voulait aller voir là où les gens jouissaient de ces matériaux, mais jamais il n'avait échafaudé un quelconque plan. En prenant l'avion qui allait le mener à Lomé, il avait pourtant ressenti son entrée dans la cabine de l'Airbus A 300 comme les prémices d'un plus long voyage. Le jeune homme avait été envoyé par la tante Mujinga de Mbuji-Mayi pour finaliser l'achat d'un stock de pagnes. On l'avait muni de quelque trois mille dollars dont il avait changé une partie en francs CFA[1]. Arrivé dans la capitale togolaise, il s'était installé à l'hôtel. Le lendemain, il comptait aller à l'adresse qu'on lui avait indiquée pour son achat mais, en passant par le Grand Marché, il s'était arrêté devant une table où étaient étalés des grigris de première nécessité : pour séduire toutes les femmes qu'on voulait, pour annihiler les effets d'un mauvais karma, pour repérer ceux qui détenaient un grigri plus costaud, pour réussir une épreuve universitaire cruciale ou signer un contrat d'embauche – bref, les applications étaient nombreuses. S'intéressant à un colifichet censé favoriser la fortune en rendant plus alerte, il n'avait pas senti le pickpocket qui avait découpé à la lame de rasoir un côté du petit sac qu'il portait en bandoulière, réussissant à le délester d'une bonne partie de l'argent qu'il avait sur lui. C'est en voulant payer le porte-chance qu'il s'en était aperçu.

1. Franc de la Coopération financière en Afrique ou franc de la Communauté financière d'Afrique. Avant cela, CFA signifiait franc des Colonies françaises d'Afrique. Ce magot est stocké à la Banque de France avec obligation aux États le possédant de n'y retirer que de l'argent de poche.

— Mon argent ! s'était-il exclamé. On a volé mon argent !

— Hé, mon frère, faut être rapide ! lui avait conseillé, avec un accent traînant, le vendeur, un type maigre aux joues marquées de cicatrices tribales. Regarde, ajouta-t-il en montrant quelque chose de poilu, ici j'ai un doigt de singe traité spécialement, capable de désigner le voleur qui t'a lésé en quelques secondes. Si tu l'avais acheté il y a cinq minutes, tu n'en serais pas là.

Sese avait contemplé la foule devant lui, avait oublié les applis, le bonimenteur, et s'y était engouffré comme s'il espérait repérer le signalement de ses billets dans une transaction. Affolé, il avait tourné jusqu'au moment où le soleil trop haut l'avait contraint à rechercher de l'ombre dans une sorte de malewa[1].

Après avoir mangé et bu un soda, il s'était mis à réfléchir. Retourner à Kin les mains vides, il n'en était pas question, sa tante allait en faire une maladie. Mais comment trouver de l'argent, ici, en terre étrangère ? La somme était énorme et avait été économisée sur une très longue période. À force d'évoquer la possibilité de redescendre vers le sud et le Congo, il s'était dit qu'en allant vers le nord il pourrait plus facilement dégoter des combines et rembourser tante Mujinga. Après tout, il avait déjà accompli une bonne partie de son futur périple. Il s'était mis à penser à la suite, à la traversée de l'Afrique de l'Ouest, le plus au nord possible. Ensuite, pourquoi pas, il y avait l'océan jusqu'en Europe ; l'Espagne, le pays le plus moche. Là-bas, déjà, Sese en était sûr, les euros pullulaient

1. Resto clandestin.

par milliers, que dire de la Bundesrepublik, de la Suède, des hauteurs de Monaco ou de Marseille ?

Il avait payé ses consommations et quitté le petit restaurant, se disant qu'il allait prendre des renseignements et acheter un petit quelque chose sur la table du vendeur de fétiches, une protection contre les caïmans, les hippopotames, les courants insidieux et tous les dangers contenus dans l'eau. Ça marchait pour les fleuves Djoliba[1], Sénégal, Congo, mais pour l'Atlantique on n'avait pas encore essayé. Ne sachant pas nager, Sese en aurait absolument besoin – à moins de trouver le temps d'apprendre d'ici là. Pour braver, sur une pirogue, un monstre tel que la mer, il valait mieux se blinder d'avance. En trois jours – la CEDEAO[2] faisant bien les choses –, il avait quitté Lomé par la route en direction d'Abidjan, grâce à la compagnie des bus STIF. À Abidjan, où il avait passé une semaine et en avait profité pour visiter un oncle, ancien de la DSP[3], il avait emprunté un bus TCV vers Yamoussoukro, puis Bobo-Dioulasso au Burkina, ensuite direction Bamako, au Mali. Avec GANA Transport, il avait roulé vers la frontière sénégalaise et Kayes pour enfin arriver à Dakar où il avait pensé prendre place sur une pirogue pour Almeira, s'il trouvait le courage nécessaire.

*

En sortant de chez Dramé, Sese et Ichrak retrouvèrent l'animation ininterrompue de la rue Goulmina ; les

1. Niger.
2. Communauté des États de l'Afrique de l'Ouest.
3. Division spéciale présidentielle de Mobutu.

voitures se faisant remarquer à coups de klaxon, les marchands interpellant le client, la foule sur les trottoirs vaquait à ses occupations. Les jeunes gens prirent vers la gauche, en remontant face aux arcades. Les types postés pour mettre le bordel arrêtèrent leurs jeux et braquèrent leurs regards vers eux. Celui à la casquette Gucci porta un doigt à sa gorge, comme une lame qui tranche, en fixant Ichrak, à qui cela n'échappa pas.

— Quoi, tu me menaces ?

Et avant que Sese n'ait compris et n'ait pu la retenir, la jeune femme fonça pour traverser la rue, ne se souciant ni de la circulation ni des klaxons des véhicules qui échappaient de justesse à un carambolage. Des malédictions fusèrent des habitacles. Aux abords des arcades, les types lui faisaient signe d'approcher en lui promettant qu'elle allait voir ce qu'elle allait voir, ce qui redoubla la colère d'Ichrak. Les badauds commencèrent à s'agglutiner. Une altercation dans la journée égaierait un quotidien monotone. Ichrak s'arrêta sur la rue, à quelques mètres des hommes, et entreprit de les insulter, obligeant même les voitures à faire un écart pour pouvoir passer. Sese essayait de la tirer et de la ramener sur l'autre trottoir pour qu'ils poursuivent leur chemin, mais Ichrak était déchaînée. Le jeune homme sentait le scandale venir et, dans le contexte actuel, surtout à côté d'elle, ne jugeait pas prudent de s'éterniser. En effet, les passants s'y mirent également.

— Respecte-toi, ma fille. Une femme ne s'expose pas de cette façon, l'apostropha une mégère vêtue d'une gandoura en tigre molletonné, le cabas au bout du bras.

— C'est normal, elle se donne aux Africains, proféra un vieil homme. Ce n'est plus une femme ! ponctua-t-il de sa barbichette.

— Continue à crier, rouola[1], on te crève, chienne ! fit un des voyous.

Ichrak était comme folle, Sese ne parvenait pas à la calmer. Au deuxième étage en face, Dramé gesticulait, implorant, dans l'espoir de calmer la jeune femme. L'homme aux doigts évocateurs pointa un index en direction du deuxième étage et refit son geste.

— Tu ne me feras rien ! Tu crois que j'ai peur de toi ? Minable ! cria Ichrak.

— Elle n'a peur de rien parce que c'est une sorcière. Et sa mère aussi. Qui ne les connaît dans le quartier, insista le vieux aux fausses allures de hadj[2].

— C'est la vérité ! renchérirent les badauds.

— Telle mère, telle fille, ajouta la femme, prenant les gens à témoin.

Il y avait un peu de tout parmi eux : les chômeurs – nombreux – étaient en première ligne, évidemment, puisqu'ils n'avaient rien de mieux à faire et que le spectacle, avec suspense garanti, ne coûtait rien. Les enfants venaient ensuite, ainsi que quelques femmes faisant leurs courses. On se bousculait pour mieux observer la scène. Une partie des curieux débordaient sur la chaussée et avaient provoqué un petit embouteillage. Les klaxons des voitures arrivaient presque à couvrir les imprécations sortant de la bouche de la jeune femme, maintenant échevelée ; dans son survêtement Adidas, on

1. "Je le jure."
2. Saint homme, celui qui a fait le pèlerinage à La Mecque.

aurait pu la prendre pour une pugiliste en pleine préparation psychologique. Elle sautillait sur place, défiant les types qui hésitaient encore, se demandant par quel bout ils allaient commencer à la massacrer, là, au milieu de cette cohue faite de passants et d'automobiles.

— Monte !

Une portière s'ouvrit, Sese ne réfléchit pas et engouffra Ichrak dans la voiture, un SUV Peugeot 5008, haute sur pattes, blanc. Il ouvrit à l'arrière et se projeta sur le siège, tout en claquant la portière d'un même mouvement. Le conducteur démarra.

— Tu as vu comment ils m'ont parlé ?

La jeune femme continuait à fulminer.

— Fallait pas t'énerver comme ça, Ichrak, on a failli être tués ! insista Sese. En tout cas, monsieur, merci. Sans vous, je ne sais pas… C'était chaud.

Cherkaoui observait Ichrak avec un froncement de sourcils, comme pour évaluer les dommages. Elle semblait en forme.

— Ils ne te valent pas, calme-toi, Ichrak. Je passais par hasard dans le quartier, je ne m'attendais pas à te voir. Tu dois te méfier de la foule, elle est capable de tout.

— Je les emmerde ! Merci à toi, Si Ahmed.

Elle avait retrouvé son sourire, se disant qu'elle avait bien de la chance de l'avoir auprès d'elle.

— Sese, tu vas où, on te ramène chez toi ?

— Ouais, j'suis un peu choqué, là. Je crois que je vais me reposer. Je rentre au palais, en Palestine[1].

---

1. Expression argotique signifiant "rentrer à la maison" : la maison devient un palais, et par extension le palais devient la Palestine, chez soi, là où on est bien. L'épouse peut aussi être appelée

La voiture, après avoir quitté la rue Goulmina sur les chapeaux de roues, atteignit la place d'Alexandrie et descendit vers la mer par le boulevard Zektouni, afin de permettre à chacun de reprendre son souffle boulevard Sidi-Mohammed-ben-Abdellah. Sur la gauche, l'océan s'étirait de vague en vague. L'air entrant en trombe par les vitres ouvertes frappait les visages et rasséréna les jeunes gens, leur donnant même l'impression qu'ils prenaient le large et que le vent seul les portait. On déposa Sese au rond-point devant la mosquée Hassan-II. Celui-ci en profita pour flâner un peu sur l'esplanade en compagnie des familles, des touristes recherchant la paix, et pour observer les vagues de l'Atlantique se brisant sur les rochers au pied de l'édifice dont le minaret culminait à plus de deux cents mètres d'altitude. D'un haut-parleur numérique, la voix du muezzin se répercutait dans l'espace, apaisant les cœurs, tentant de remettre les choses à leur juste place, au moment qui convient.

Ce jour-là avait été intense pour Ichrak, mais pour la première fois quelqu'un était venu à son secours juste au moment où il avait fallu. Son cerveau avait pris feu un peu auparavant, et maintenant elle sentait les flammes s'atténuer et devenir flammèches, lentement. Les braises, elles, mettraient plus de temps à perdre leur incandescence. C'était ainsi qu'elle était faite, Ichrak. Dans la chambre rue Cénacles-des-Solitudes, elle s'était couchée sur le ventre et avait posé la tête dans ses bras croisés.

"Mère ya palais", "la mère de la maison", sans oublier qu'au temps de Clovis, les mères du palais étaient les véritables boss.

Ahmed Cherkaoui, assis au bord du lit, lui caressait doucement les cheveux. La pièce était silencieuse, le bruit des rares voitures au-dehors leur parvenait à peine. Cherkaoui ne disait rien, attendant qu'elle se remette tout à fait. Il avait assisté à l'agression, mais n'en savait rien. Il l'avait emmenée dans son studio, pressentant qu'elle avait besoin d'un refuge, quelques minutes ou quelques heures. Elle imprima un mouvement à son corps et se mit sur le côté. Cherkaoui se leva et s'assit dans le fauteuil au pied du lit.

— Ça va mieux ? C'était quoi, ces gens ?

— Des ânes ! Ils croient faire la loi partout et sur tout le monde. Pas avec moi !

— Tu te fais du mal, Ichrak. Tu dois être prudente avec ce genre de type. Même si tu avais raison, devant de telles racailles, il n'y a pas de raison qui tienne. Tu dois comprendre ça, habibi[1].

Ichrak jeta un regard acéré à Cherkaoui avec un léger sourire en coin. Elle posa ensuite sa tête sur l'oreiller, remua un peu pour trouver la position la plus confortable et ferma les yeux.

— Tu veux dormir un peu ? Ne te gêne pas pour moi.

Elle ne répondit pas.

Ichrak ne voulait pas dormir, mais rêver. D'un père, par exemple. Elle en avait bien le droit, puisqu'elle n'en avait jamais eu. On ne s'y faisait jamais, de vivre sans. La jeune femme connaissait la morsure que cela causait. Petite, dans la rue, elle avait cru le reconnaître à maintes reprises, ne sachant pourtant rien de lui. Elle n'avait jamais entendu la moindre évocation à

1. "Chéri", "amour".

son sujet, pas le moindre nom chuchoté derrière une porte. Quant à Zahira, impossible de lui faire dire quoi que ce soit. "Ça ne te regarde pas !", telle était l'éternelle réponse. Comme s'il n'avait jamais existé. Pourtant, il devait bien être quelque part. Mort, on en aurait certainement dit quelque chose, pensait Ichrak. De ce fait, il était devenu un fantasme aussi insaisissable que de la fumée et, comme celle-ci, s'était insinué partout en elle. N'ayant aucun signalement de lui, elle s'imaginait le voir de temps en temps : en celui qui aurait l'âge d'être ce père et qui ferait attention à elle de façon désintéressée, en quelqu'un qu'elle n'avait jamais vu mais qui poserait des questions sur sa mère, ou tout simplement en celui qui serait rempli de prestance et qui, évidemment, serait digne d'être ce géniteur qu'elle attendait comme on attend un messie – on y croit dur comme fer mais l'on est certain que l'on n'assistera jamais à son avènement. Elle le méritait bien, pourtant, pensait-elle. Quel père, d'ailleurs, ne serait pas fier de l'avoir comme fille ?

Et voilà que Cherkaoui était entré dans sa vie sans crier gare. Il s'intéressait à elle, posait de temps en temps une question sur sa mère, et il possédait une autorité pleine d'élégance. Par ailleurs, depuis qu'ils se connaissaient, jamais il n'avait eu un mot déplacé, un geste vulgaire envers elle. Ichrak l'avait même mis à l'épreuve une fois ou deux, et il restait lui-même. Il n'en voulait pas à son corps comme les autres, de cela, Ichrak en était sûre maintenant. Elle ne comprenait pas vraiment ce qu'il lui voulait, mais ce qu'elle savait, c'est qu'il avait autant besoin de la voir qu'elle avait besoin de le voir, lui. Ichrak garda les yeux fermés pour pouvoir poursuivre son rêve où elle ne serait plus abandonnée et écouta Cherkaoui, silencieux pourtant, assis dans le fauteuil à ses pieds. Au bout d'un moment, il se leva, fit quelques pas, essayant de ne pas faire de bruit, plongea la main dans le sac à main de la jeune fille et en sortit le lecteur MP3. Il retourna au fauteuil, mit les écouteurs et pressa un bouton. Il s'appuya au dossier, ferma les yeux à son tour et écouta défiler la captation d'*À l'origine notre père obscur* de la romancière Kaoutar Harchi[1].

Ichrak n'avait pas bougé mais avait entendu le déclic de l'appareil. Dans sa tête, elle se mit alors à réciter : *"… C'est l'aube, je crois. Sa lumière aveuglante. Et il y a ce reflet. Au fond de la chambre, sur le miroir en pied, notre reflet à tous deux. Je balbutie, livide sous le maquillage et le noir des yeux qui a coulé. Maintenant, il faut te reposer, je murmure à l'oreille de mon père. Bientôt, je reviendrai te voir. Le Père, avec lenteur, s'est allongé sur son lit. J'ai placé sous sa tête un coussin. De l'armoire, j'ai tiré un drap et des couvertures propres avec lesquels je l'ai recouvert soigneusement et comme il me l'a demandé, je lui ai tendu son chapelet de perles blanches. J'ai caressé sa joue et sans faire de bruit, j'ai marché vers la porte, ai saisi la poignée, l'ai tirée, puis je suis partie. Mais d'où ? De cette chambre ? D'un rêve ?…"*

*

Si les émotions avaient atteint un paroxysme, c'est qu'entre-temps, sous l'offensive des courants d'Afrique,

---

1. Romancière et sociologue de la littérature française, née à Strasbourg en 1987.

le Gulf Stream avait dû battre en retraite vers l'Atlantique nord, obligeant le Changement climatique à se disperser. De ce fait, le courant des Canaries et les alizés du nord-est érigèrent comme un rempart dans les régions du tropique du Cancer, à l'est de l'anticyclone des Açores – la zone contrôlée par Chergui. Ces deux influences créèrent un espace troposphérique plus vaste sur lequel il put progresser à nouveau en activant d'énormes basses pressions, visibles à la façon dont les palmiers, le long des avenues, dansaient à sa gloire, échevelés sous les trombes, comme une représentation de sa puissance et en même temps de la fragilité humaine lorsqu'un souffle onirique concourt à l'exacerbation des sentiments.

VI

BASSES PRESSIONS

Sous les arcades de la rue Goulmina, les cafés étaient bondés. Dans l'un d'eux, les consommateurs, attablés devant leurs verres de thé ou de café, disputaient bruyamment des jeux de cartes ou de dominos. Les serveurs, plateau en équilibre sur une main au-dessus de la tête, louvoyaient parmi les clients entrant et sortant, ou parmi ceux, debout, qui commentaient les parties en cours. Curieusement, on aurait dit que chacun prenait garde à ne pas trop approcher la table où étaient installés Nordine Guerrouj et Yacine Barzak. Un genre de no man's land s'était naturellement créé autour d'eux. Les deux hommes étaient connus dans le quartier, et personne ne tenait à capter quoi que ce soit de ce qu'ils avaient à se dire. Même respirer le même air était à éviter, car cela pouvait être reproché, tout de suite ou un jour futur. Si leur dangerosité était notoire, elle ne rivalisait en rien avec celle des responsables de leur actuelle entrevue. Guerrouj et Barzak étaient féroces, c'était entendu, mais ils l'étaient bien moins que des loups désireux d'agrandir leur espace de chasse, lesquels exerçaient une forte pression, perceptible dans l'écosystème.

— Tu as essayé avec la religion ?

— À part "allahou akbar" et "bismillah", j'y connais rien, Nordine. Pour pouvoir les chasser par la religion et crier partout que les Africains sont des mécréants, je te jure, il faut au moins être imam. On ne leur fera jamais assez peur, ils sont comme accrochés aux maisons, ça va pas être facile de les faire partir.

— Alors tu n'as qu'à raconter que c'est des voleurs.

— Moi-même, je suis le roi des voleurs, qui va me suivre ? Tu stresses trop, Nordine. Aie un peu de patience, il faut attendre l'occasion, zarma, quelque chose. Alors là, on pourra mettre le bordel que tu veux. Je brûle tous les immeubles, s'il le faut, avec les Africains dedans, et tu n'en entendras plus parler. Mais en attendant, laisse faire Dieu, c'est lui qui décide, conclut Yacine en pointant le plafond, ignorant de la direction de La Mecque.

Farida avait adressé un ultimatum à Nordine, celui-ci ne s'y trompait pas, il connaissait ce genre de femme. Comme elle ne laissait jamais rien transparaître, on ne pouvait savoir jusqu'où allait son ressentiment, ni même son influence. Même si la dame Azzouz mettait la chair de Guerrouj à feu, son instinct lui dictait de la craindre. Quant à Yacine Barzak, il y avait belle lurette qu'il avait été forcé de se débarrasser de sentiments aussi superflus que les états d'âme. La quarantaine, une tête de fouine surmontée d'une petite casquette imitation Gucci, assortie à un sac en bandoulière, il était habillé d'un jean et d'un maillot du PSG : un accoutrement de gamin, mais c'était juste pour donner le change et faire croire qu'il était inoffensif – ce qui ne relevait pas du domaine du possible, car l'homme avait grandi dans les rues de Casablanca parmi les enfants des rues et, dès l'adolescence, avait fait ses classes à la centrale d'Oukacha[1] où, justement, toute émotion était immanquablement rabotée. Là-bas, lorsqu'on voyait ou qu'on entendait, il fallait faire comme s'il ne s'était rien passé. On devait nier en soi-même tout ressenti. Au début pour ne pas perdre pied, plus tard par sécurité, tout simplement.

Le café bruissait de la convivialité qui y régnait. On ne pouvait pas discerner la conversation des deux voyous en plein complot, mais l'événement n'augurait rien de bon. D'autant plus que, malgré des casiers chargés et des profils entachés de turpitudes – comme pour la plupart d'entre nous –, Dieu, submergé par les innombrables dossiers, y recherchant des éléments de miséricorde, ne peut pas parer à tout et permet ainsi à un grand nombre de salauds de prospérer à l'aise, tranquillement.

*

Ahmed Cherkaoui était assis au bord du lit, le visage dans les mains, les épaules secouées de tremblements. Cela faisait une vingtaine de minutes qu'il était prostré là, à l'abri, dans la chambre à coucher, tentant de contrôler l'émotion qui le submergeait. Il n'avait rien su. Cela faisait quelques jours qu'il essayait de contacter Ichrak, sans résultat. Son téléphone ne répondait pas et elle ne l'avait pas rappelé. Il était rare qu'il reste sans nouvelles d'elle aussi longtemps. Ne pouvant s'adresser directement à sa mère, il s'était résolu à aller se renseigner à Derb Taliane. Et là, il avait appris le drame. Devant lui se déployait un vide sombre, comme si un chemin

1. Prison centrale de Casablanca.

s'arrêtait, sans possibilité de demi-tour. Il essaya de se reprendre. Il avait entendu le bruit de la voiture de Farida sur les graviers devant le porche de la villa. Il passa à la salle de bains et se rendit compte, devant le miroir, que la tragédie avait soudainement vieilli ses traits. Il se passa de l'eau froide sur le visage plusieurs fois, faisant le vide. Lorsqu'il sentit qu'il pouvait à nouveau affronter le monde, il s'essuya, sortit et se dirigea vers la salle de séjour, guidé par les effluves du parfum capiteux de Farida.

Ces derniers mois, elle s'habillait exclusivement en noir ou en blanc. Ce soir-là, elle était vêtue d'un ensemble Victoria Beckham immaculé avec des Louboutin blancs vernis. Elle ne s'était pas encore débarrassée de son sac Céline et était en communication, debout au milieu du salon, tournant le dos à Cherkaoui.

"Toujours ce téléphone !" pensa-t-il.

— Choukran[1], mon ami ! Slama[2], termina-t-elle, du velours plein la voix.

Elle se tourna alors vers son mari.

— Mon Dieu, mais qu'est-ce que tu as ? s'exclama-t-elle. On dirait que tu viens de voir un fantôme.

Cherkaoui était un peu décontenancé. Il tenta d'éluder.

— Dis-moi, Cherka, insista-t-elle.

— La jeune Ichrak est morte.

— Ah bon ! Et c'est pour ça que tu te mets dans cet état ? On me l'avait dit. Ça fait quoi, deux, trois semaines ?

— Tu le savais et tu ne m'as rien dit ?

1. "Merci."
2. "Au revoir."

— J'ignorais qu'elle était si importante pour toi. Et puis je pensais que tu étais au courant. J'allais t'en parler, d'ailleurs.

— Tu allais m'en parler ? Tu savais qu'elle comptait pour moi. Combien de fois ne m'as-tu pas fait de scènes à cause d'elle.

— Voilà, au moins, maintenant, tu auras la paix.

— Arrête d'être méchante, Farida. Tu ne sais rien de ce qu'il peut y avoir entre cette fille et moi. Tu ne comprendrais d'ailleurs pas. Tout comme je ne sais rien de ce qu'il peut y avoir entre toi et les hommes que tu rencontres à tout bout de champ.

— Je ne fais que gérer mes affaires, habibi. Qu'est-ce qu'ils pourraient bien me faire ? Mais toi, tu gères quoi, avec la fille d'Al Majnouna ?

— Ne m'oblige pas à entrer dans les détails et à te parler des marques que j'ai vues sur ta peau et que je n'ai pas faites. Et tu connais Zahira, en plus ? Ça ne m'étonnerait pas que tu aies été la voir. Tu veux tout.

— Tu te trompes. Pourtant, beaucoup la consultent. Tu crois que je devrais faire comme eux ? Je te sens distant, ces jours-ci. Tu crois qu'elle pourrait faire quelque chose pour nous ?

Cherkaoui la fixa quelques secondes puis, exaspéré, se dirigea vers la porte en ajoutant :

— Ne m'attends pas, je mangerai dehors.

Il quitta le quartier d'Anfa, où il habitait, par l'avenue Assa pour rejoindre Ain Diab et la route du littoral. La circulation était plutôt fluide au-delà de vingt heures. Cherkaoui roulait sans voir. Il avait dit vouloir dîner quelque part mais n'avait pas pensé à un endroit précis et de toute façon, les restaurants, ce n'était pas ce qui manquait. Il voulait surtout être hors de chez lui. En plus d'atténuer sa douleur, il avait besoin de faire le point au sujet d'Ichrak. Il s'était bien trop investi auprès de la petite et le regrettait amèrement, à présent : son deuil était immense et il n'avait pas réglé son problème. La perte d'un proche est toujours difficile à surmonter, Cherkaoui le savait depuis longtemps, mais autre chose le liait à la jeune fille : sa mère, Zahira. Ni Ichrak ni Farida n'étaient au courant mais il l'avait aimée, jadis. À un certain moment, elle avait refusé de le voir, puis avait brusquement disparu. Il n'avait pas su pourquoi. Elle n'avait jamais voulu croire qu'il allait s'impliquer davantage avec elle. Elle avait sans doute raison. Plus tard, il apprit qu'elle avait eu un enfant, une fille, et il lui avait souhaité tout le bonheur possible mais, les années passant, il avait revu Zahira. Une dizaine d'années plus tard, elle n'était déjà plus que l'ombre d'elle-même. Comme si elle avait trop vécu, ou juste subi un événement de trop. Les gens la considéraient déjà comme une folle. Il l'avait évitée.

Le téléphone se mit à sonner. Cherkaoui lâcha le volant d'une main et la glissa dans la poche intérieure de son veston.

— Oui.

— Qu'est-ce que tu voulais dire par "les marques que j'ai vues sur ta peau" ?

— Écoute, Farida…

— Tu as vu quoi ? Et qu'est-ce que tu veux dire par là ? Tu voudrais dire que "quelqu'un" a laissé des marques de doigts sur ma peau ? Tu me prends pour une pute, Cherka ?

— C'est pour ça que tu m'appelles ? Pour me demander ça ?

— Dis-le, si tu le penses, Ahmed. Si tu t'en occupais un peu plus de cette peau… Tu comprends, ça ? Je t'ai donné ma vie, Ahmed !

— Arrête, ce n'est pas le moment, je conduis. – Les klaxons qui résonnaient autour de lui le renvoyaient au code de la route. – On ne peut pas discuter maintenant, je t'appelle plus tard.

Et il coupa la communication.

Avec rage, Farida envoya le téléphone valser à travers la chambre. Elle désintégra l'appareil contre le mur mais, non satisfaite, dans un cri, lança un oreiller en plus sur les pièces éparpillées au sol. Après s'être exprimée, elle ramassa à la volée le verre de vin posé sur la table de chevet, où traînait un plateau contenant un repas presque intact, le vida d'un trait et s'en servit un autre tout de suite.

— "Tu savais pourtant qu'elle comptait pour moi." Parce que moi, je ne compte plus ! se révoltait Farida.

Elle reprit sa position, assise à la tête du lit, le dos appuyé contre une montagne d'oreillers.

— En plus, il ose me parler de ces hommes, mais d'habitude il dit quoi ? Il a juste l'air de s'en foutre, oui. Salaud ! Je te hais, Ahmed ! hurla-t-elle.

Pour recouvrer son calme, elle mit la main sur une télécommande et alluma l'écran face au lit. Cela lui changerait les idées. Elle tomba sur une série turque narrant une histoire mêlant business, amour et trahison. Farida suivit l'intrigue mais, très vite, ses pensées la menèrent ailleurs. Ses nerfs avaient du mal à se détendre, elle avait horreur de la contrariété. Enfant unique, elle avait toujours été gâtée par presque tout ; beauté, intelligence, argent, pour commencer, le reste devrait normalement suivre sans trop d'effort. C'est ainsi que Cherkaoui était entré dans sa vie. Il était acteur à l'époque, et toutes les femmes se l'arrachaient, alors tout naturellement elle avait pensé que c'était à elle qu'il devait revenir et pas à une autre. Le rencontrer une fois lors d'une réception avait suffi. L'homme avait tout de suite succombé à son charme. À partir de là, elle fut définitivement convaincue qu'il serait à elle ; il était beau, quelque chose de coriace dans l'expression, ouvert, il savait lui parler et, avec le temps, elle put même profiter d'une assez grande liberté. L'homme n'envisageait aucunement de se ranger, à ce moment-là, mais elle était entreprenante, et le mariage fut célébré en grande pompe.

Les choses étaient parties pour devenir un véritable conte de fées, sauf que la fée prenant soin de Farida pensait plutôt bijoux, robes, voitures, villas, et négligea une progéniture. Après des années de tentatives infructueuses, le couple dut se résoudre à accepter l'évidence : Farida ne pourrait pas concevoir. Ainsi, elle s'étourdit par le travail et les fêtes mais des questionnements commencèrent à voir le jour. Elle se demanda si Ahmed ne finirait pas par la répudier et par épouser une femme plus jeune qui lui garantirait une succession. À partir de cette angoisse, les certitudes de Farida sur elle-même commencèrent à être ébranlées ; elle se mit à douter de l'amour de son mari et même de sa propre beauté, bien que la plupart des hommes de Casa se bousculent à ses pieds pour lui rendre un hommage empressé. Elle aimait cela. Elle sut même en profiter de façon fort agréable, en attendant de recouvrer l'amour d'Ahmed tel qu'elle l'avait goûté jadis.

Cherkaoui avait décidé de rouler, la route pour l'instant guiderait sa trajectoire.

— Mais qu'est-ce qui m'a pris de m'attacher à cette fille ? s'emportait-il.

La vie l'avait plutôt gâté, lui aussi. Jeune comédien, l'homme faisait fureur à la télévision nationale et dans quelques productions au cinéma. C'était le temps où il avait connu Zahira. C'est vrai qu'elle aurait eu du mal à s'intégrer à son milieu. Elle ne faisait partie d'aucun milieu, elle était unique, dotée d'un tempérament de feu. Ahmed ne maîtrisait rien et en avait un peu peur. Il ne pouvait pas non plus affirmer, même dans un accès de romantisme débridé, qu'elle aurait pu être la femme de sa vie, parce qu'il en avait connu beaucoup d'autres par la suite. Entre-temps, il avait épousé Farida. Plus tard, il était devenu le directeur de l'Espace des Amdiaz et avait commencé la mise en scène. Son travail, mais aussi certaines interventions du père de Farida auprès de ses amis, ne fut pas étranger au bouclage de certaines programmations ; il fallait un soutien financier des autorités publiques pour développer la création. Il sut ainsi préserver la renommée de sa salle et sa réputation de directeur offrant les textes et les mises en scène les plus innovants. Il dut admettre que lorsque, avec le temps, les réflexes existentiels de chacun installèrent la crise dans son couple, son succès lui vint opportunément en aide pour lui donner l'occasion de s'évader de temps à autre, en jetant son dévolu sur de jeunes comédiennes désireuses d'explorer de nouvelles perspectives dans le domaine de la direction d'actrice. Mais, même de cela, il était fatigué. Il n'aspirait plus qu'à la paix et ces instants avec Ichrak, justement, représentaient cela. Devant lui, au milieu du large boulevard, une demi-douzaine de jeunes gens, sur des grosses cylindrées pétaradantes, accomplissaient un chassé-croisé, poussant de courtes pointes à 180, ralentissant brusquement. On leur fit place, la fantasia d'aujourd'hui devait avoir lieu. Et, sous le clair de lune, sans casque, avec une confiance infinie en la vie, ils faisaient se cabrer leur machine, figurant des montures devenues folles, guidon et train avant maîtrisés dans les airs avec panache parce que arrachés du sol. Ils filaient, élégants, sur la seule roue arrière, comme un baroud à la mort et aux lois de la gravitation universelle.

Zahira n'était pour rien dans l'attachement que Cherkaoui vouait à Ichrak. C'était juste le temps, l'âge, les serments devenus obsolètes, les rêves inaccessibles qui tournaient à l'obsession, le cœur qui tendait vers les choses essentielles ou parfois l'amour, ce sentiment sans merci qui ne vous appartient pas et qui, un jour, vient se poser sur un être que l'on ne choisit même pas vraiment.

— Je peux t'aider ?

— Non, c'est gentil, je ne fais que regarder.

Cherkaoui ne pouvait oublier le jour de sa première rencontre avec Ichrak. Il s'agissait du dernier jour de la lecture-spectacle de l'œuvre de Kaoutar Harchi, *À l'origine notre père obscur*. La jeune fille observait une photo de l'auteure parmi les affiches et articles parlant de la représentation. Elle se trouvait là par hasard. Elle s'était promenée du côté de la place Zellaga, avait emprunté une rue pour atteindre le boulevard Mohammed-V et sa succession de bâtiments Art déco et avait dérivé jusque devant des images épinglées dans une vitrine sur la façade d'une salle de spectacle.

— Elle est vraiment belle, et son regard est extraordinaire.

— L'auteure ? Oui, et elle a un talent immense. Elle doit avoir ton âge à peu près, pourtant elle est d'une extrême sensibilité quant aux sentiments intimes des hommes et des femmes.

C'est cette vie parfois outrancière émanant d'une personne en devenir qui avait attiré Cherkaoui vers Ichrak. Dès le moment où il avait posé les yeux sur elle. Il avait ressenti cela très fortement, à la vue de l'intensité de son regard, justement.

— Ça te dirait de venir pour le spectacle, ce soir ? C'est la dernière, je peux laisser ton nom à la caisse si tu veux.

— Je ne peux pas, ce soir, je dois être à la maison, ma mère n'est pas très bien. Mais mon nom est Ichrak.

— "Le soleil levant." Ça te va bien. Ichrak comment, si je puis me permettre ?

— Je n'ai pas d'autre nom.

— Ichrak te représente bien, c'est le moment où les anges du jour succèdent à ceux de la nuit. Ce nom a de la puissance. Comme l'astre qui surgit à l'horizon.

— C'est le nom que ma mère m'a choisi. Je dois y aller, maintenant.

Et ça avait été tout. Ce jour-là, ce que Cherkaoui avait ressenti était justement de l'ordre d'un lever de soleil, mais il n'en soupçonnait pas encore la portée ; les choses s'écrivent d'elles-mêmes alors que l'on doute encore.

Ils s'étaient revus quelques fois. Il en avait appris un peu plus sur elle, à gauche, à droite, notamment sur l'énigme que sa naissance constituait, puisqu'elle était la fille sans père de Zahira. Ils s'étaient plus tard retrouvés à une terrasse ; Cherkaoui, en souvenir de leur première rencontre, avait placé dans sa boîte à gants un petit lecteur MP3 contenant la captation de la lecture-spectacle *À l'origine notre père obscur*. Il la lui avait offerte et des étoiles étaient instantanément apparues dans les yeux d'Ichrak, avec un sourire qui leur avait donné plus de brillance encore. Après avoir échangé sur leurs vies respectives, mais surtout sur celle d'Ichrak, il en était venu à lui demander son âge – vingt-huit ans. Le cœur de Cherkaoui, à partir du bond qu'il fit instantanément dans sa poitrine, n'eut plus jamais d'apaisement en pensant à elle.

Zahira avait disparu, puis elle avait eu son enfant. Ichrak était née au mois de juin, avait-elle révélé. Le cerveau de Cherkaoui, spontanément, avait fait un rapide calcul ; la jeune fille était venue au monde neuf mois après sa dernière soirée avec Zahira. Ils n'avaient pas fait l'amour cette fois-là, ils l'avaient fait trois jours avant, et le jour précédent aussi, il ne pouvait pas oublier, il était en train de préparer la rentrée théâtrale. Sans même se le dire, Ahmed Cherkaoui avait depuis lors la secrète conviction qu'Ichrak était le fruit de sa propre chair. Cela s'imposait, de façon viscérale, irrationnelle. Son regard cherchait des points de ressemblance. Plus tard, il croirait en trouver un, essentiel, c'était leur amour commun du texte et la faculté qu'avait Ichrak d'être habitée par les mots, tout comme lui. Il la rêverait même sur scène, interprétant une œuvre de sa voix grave. À ce moment-là, il ne remarqua rien de significatif mais crut, un bref instant, reconnaître une mimique furtive. Après avoir payé, ils se levèrent. En la quittant, Cherkaoui espérait que les mots sublimes de Kaoutar Harchi pourraient mettre un peu de sens dans ce qu'il savait du parcours tellement âpre d'Ichrak.

*

Tout le monde, effectivement, connaissait la Majnouna, et Farida ne faisait pas exception. Plusieurs mois auparavant, dans un moment de doute, elle était allée la consulter, un soir tard. En ouvrant la porte, Zahira ne s'était pas attardée sur les traits de sa visiteuse et lui avait tout de suite tourné le dos. Pourtant, elle avait bien reconnu Farida Azzouz, l'épouse d'Ahmed Cherkaoui. Toujours d'une extrême élégance, elle était couverte d'un foulard et habillée de noir comme souvent. Au milieu du petit salon, elle s'était débarrassée du tissu de soie sur ses cheveux, libérant un nuage de parfum dans la petite pièce. Pour Zahira, c'était comme si, littéralement, elle avait senti l'odeur de l'argent ; elle s'était retournée.

Sa clientèle s'amenuisait avec le temps et les femmes riches ne s'adressaient plus aussi régulièrement à elle. Quand elles se décidaient à venir la consulter, elles ne venaient que pour des histoires d'amour ayant tourné au vinaigre qu'il fallait absolument arranger en procédant à la reconquête du cœur, mais surtout à celle des sens du salaud qui devenait distant. Ce n'était pas la clientèle préférée de Zahira, elle savait que c'étaient des cas difficiles : en général, le type était coincé entre les cuisses d'une rivale, et dans ce cas il était quasi impossible de reprendre l'avantage, sauf si elles payaient très cher pour entendre des mots d'espoir. En dehors de ces désespérées-là, ne la consultaient plus que les pauvres du quartier pour qui l'usage des prières ne suffisait pas. Si, pour beaucoup d'entre eux, accéder à la richesse était presque exclu, on pouvait au moins tenter de se débarrasser, par des sortilèges, de celui ou celle qui constituait un obstacle vers la fortune. Dieu étant miséricordieux, forcément les prières ne pouvaient suffire, et Al Majnouna intervenait : jeter un mauvais sort faisait partie de ses spécialités. Là, pauvres et riches se rejoignaient, il pouvait arriver n'importe quoi à une rivale aux prises avec des maléfices. Ce genre de tâche était assez lucratif, et Zahira pouvait prendre son temps sans s'inquiéter que le client ne la lâche, insatisfait car, c'est connu, rien n'est plus tenace que la haine.

Le sort était parfois facétieux. Jamais Zahira n'aurait cru, un jour, ouvrir sa porte à la femme de Cherkaoui. Elle avait tout : la fortune, un mari qui l'aimait, un homme sérieux et fiable. Pour quelle raison serait-elle venue la voir ?

— Assieds-toi, intima-t-elle en indiquant les banquettes.

Farida prit place.

— Je vais te faire un thé.

Elle s'éloigna vers des ustensiles posés sur un meuble dans le prolongement de la pièce, que Farida parcourut des yeux. Les murs étaient décorés de frises bleues. En dehors de cela, il n'y avait que les couches, des coussins, un pouf en cuir, pas d'appareil électroménager, pas une radio, pas même une horloge contre le mur. Farida n'aurait pas dû se trouver là, mais elle ne contrôlait plus la situation chez elle. Ahmed lui échappait ; il rentrait tard, plus souvent qu'avant, et ces soirs-là il était comme absent, Farida avait du mal à capter son attention. Il lui était aussi arrivé de sentir un parfum de femme sur lui. Pas un parfum de prix qui aurait pu s'imprégner après qu'il aurait salué une dame issue de son milieu, mais le genre d'imitation bon marché que les gens du peuple pouvaient s'offrir. Farida se doutait bien que son mari, depuis leur mariage, avait pu avoir des aventures. Plus jeune, c'était un coureur, et son charme agissait toujours, sinon plus, car il s'était assagi et sa retenue attirait encore davantage. Le parfum l'inquiétait. Il était porté par une femme jeune, sans doute, certainement plus docile, et possédant la fougue inhérente à son âge. Avec tout ça, elle n'avait rien de concret. Farida voulait y voir clair et Zahira pourrait, si pas démasquer une rivale éventuelle et entreprendre quelque chose contre elle, au moins réactiver le désir de son époux. À son âge, il valait mieux mettre toutes les chances de son côté.

— Il a fait froid, ces dernières nuits. Mes rhumatismes n'aiment pas ça. Ils m'en font voir, si vous saviez.

Zahira se déplaçait en claudiquant, comme chaque fois qu'une cliente était là. Il s'agissait de donner le change, et particulièrement avec la femme de Cherkaoui. Ses clientes avaient besoin d'elle, mais de là à les laisser imaginer qu'elle était bien lotie, surtout pas. Il était fortement répandu dans l'inconscient populaire que, pour accéder à certaines connaissances et exercer les spécialités que pratiquait Zahira, il fallait nécessairement sacrifier son âme, ou du moins une bonne partie de celle-ci, à l'un des nombreux démons qui se disputaient les dépouilles en enfer. Un tel pacte ne pouvait apporter à celui qui l'avait conclu aucun bien-être dans le monde apparent, et Zahira estimait que cela devait se voir. L'argent que les patientes lui apportaient servait surtout à soulager leur conscience, en faisant passer la transaction pour un échange de bons procédés somme toute minime au regard de Dieu, de la société, plutôt que pour une incursion définitive dans le monde maléfique.

— On n'est jamais à l'abri. Tu es une femme que la vie a gâtée, ça se voit. Mais tu es généreuse, je sens que tu fais tout pour que chacun soit heureux autour de toi. Certains ne te le rendent pas comme tu le mérites. Tu es très belle, mais il te manque quelque chose. Ton cœur souffre. Tu aimes l'amour. Et tu en veux plus. L'eau du thé est en train de chauffer, ma fille, on a le temps. Dis-moi : c'est ton mari ?

Les mains prises dans celles de Zahira, assise face à elle sur le pouf, Farida Azzouz s'épancha et parla de ses inquiétudes, de la distance qui se creusait entre elle et son époux et qu'elle ne parvenait pas à s'expliquer. Elle voulait des certitudes, savoir s'il avait une relation ; elle le pressentait, mais elle était là pour avoir des assurances. Zahira hochait la tête en signe d'assentiment et de compassion à ce que Farida disait. La devineresse poursuivit sur la légèreté des hommes, capables de craquer à la moindre démarche un peu aérienne.

— Ils sont capables de tout, quand ça les prend. On en a vu se ruiner, d'autres se pendre, ajouta-t-elle, faisant mine d'empoigner une corde au-dessus de sa tête. Mais, il faut faire attention, ils peuvent tout aussi bien vous tuer, certains ont le mal en eux, prévint-elle, les yeux plissés.

Elle se reprit très vite car il s'agissait de préserver l'espoir chez sa cliente. Parvenue à ce terrain d'entente, la conversation se réchauffa sensiblement entre les deux femmes.

— Il me néglige, révéla Farida.

— Je l'ai senti lorsque tu es entrée. Je peux t'aider, ce n'est rien. Mais il y a autre chose. Laisse-moi d'abord consulter ceux qui gèrent nos vies. L'autre chose, c'est l'argent, n'est-ce pas ?

— Mes affaires, rectifia Farida. Des choses changent. Je dois rester à la hauteur. Les hommes avec qui je traite sont si durs.

— Toi aussi.

— Mais je voudrais qu'ils ne puissent pas le voir.

— Tu es non seulement belle, mais intelligente aussi. Je peux faire en sorte que tu deviennes invisible quand tu le désireras. Les hommes, ce n'est rien, tu as tous les atouts. Tu peux être plus irrésistible encore. Mais il y aura des interdits auxquels tu devras te conformer, des tabous. Plus de café, plus de vin. Les amis, tu ne les fréquenteras plus. Ne prête rien à personne et pas question de coucher.

Farida ne répondit rien.

— Tu me comprends et tu comprends ce que cela signifie ?

— Bien sûr.

À ce moment, Zahira se mit à parler dans une langue qui ressemblait à de l'arabe et qui ne l'était pas. Farida essaya d'identifier de la darija, mais il ne s'agissait pas de ça. Son phrasé ressemblait à une prière pourtant, c'était certain, ni Dieu ni les anges ne pratiquaient cet idiome. Et Zahira se leva, se dirigea vers un petit meuble bas qu'elle ouvrit et en extirpa un plateau en cuivre ciselé, encombré d'objets divers : des végétaux séchés, quelques débris organiques momifiés, un pot d'onguent, de l'encens en cailloux. Elle en prit un qu'elle alluma, le déposa sur le plateau, fit en sorte que la fumée s'élève en abondance, puis continua son soliloque avec les ténèbres. Elle revint s'asseoir près de Farida tout en parlant, posa le plateau au sol. Elle s'empara du petit pot en argile, l'ouvrit, fourra ses doigts dedans et ordonna :

— Ferme les yeux et la bouche.

Farida obtempéra. Zahira oignit alors les yeux, la bouche et le front de Farida d'une substance graisseuse dotée d'un léger parfum de citronnelle.

— Cela chasse aussi les serpents et les scorpions ! annonça la femme.

Et sa voix s'éleva, avec plus de volume mais comme en un dialogue : elle formait de longues phrases, puis apportait les réponses elle-même en chuchotant. Le son jaillissant de la gorge d'Al Majnouna était devenu caverneux, comme si quelqu'un s'était substitué à elle. Pendant ce temps, elle agissait comme si Farida n'existait plus. Cette dernière se trouvait bien, les yeux fermés. Dans ce genre de situation, moins on en voit, mieux on se porte. Après cet échange guttural, Zahira sembla se calmer, mais se mit à murmurer avec une sorte de crainte ; elle acquiesçait certainement à des procédures mystiques. Elle prit alors un peu de déjection de cadavre qu'elle achetait aux gardiens de la morgue, qu'elle préparait et faisait sécher. Elle l'écrasa entre le pouce et l'index pour l'effriter au-dessus du petit bloc d'encens. Il y eut un bruit sourd comme une explosion et Farida perçut, malgré ses paupières closes, la lueur d'un éclair.

— Ouvre les yeux !

En les ouvrant, elle vit de la fumée se répandre au-dessus du plateau et une violente odeur d'excrément se fit sentir. Farida eut une grimace de dégoût. Zahira prit encore un peu du produit graisseux sur son doigt et en enduisit rapidement et vigoureusement la peau sous le nez de Farida. Celle-ci eut un mouvement de recul, mais aussitôt son visage s'apaisa et un sourire apparut sur ses lèvres.

— Je ne sens plus rien, même pas l'odeur de citron.

— C'est ce qui arrivera aux hommes qui t'approcheront : ils ne sentiront plus rien, ne verront ou n'entendront plus grand-chose, sauf toi, ton pouvoir et celui de ce que je te donne. Tu en mettras sur ta peau avant le parfum. Ne jamais l'oublier, le parfum, c'est lui qui dissimulera le charme et le transportera jusque dans leur cœur.

— C'est Pur Poison, de Dior.

— Il a de la puissance, il accomplira sa tâche. Avec mon produit et le parfum, tu deviendras irrésistible en tout, n'en change surtout pas, ceux qui nous entourent le connaissent, maintenant. Les hommes avec qui tu traiteras entendront tes paroles comme venues du ciel. Ta beauté et ton aura de femme seront leur piège. Tu n'auras rien à faire, qu'à être toi.

Farida aimait ce qu'elle entendait, elle pourrait enfin aller au bout d'elle-même.

— Quant à ton mari… – Farida redevint attentive. – Lui, n'en parlons même pas, tu verras par toi-même ce soir.

La nuit était calme, un vent violent balayait les toits comme les prémices de Chergui, annoncé pour bientôt. Le bruit des véhicules au loin constituait la seule atmosphère sonore. Assise sur la terrasse, Ichrak percevait les voix de sa mère et de la visiteuse. Elle avait entendu le nom de Cherkaoui et, en captant quelques détails, elle avait compris qu'il était question de l'homme qu'elle connaissait. C'était donc sa femme. Il en parlait toujours avec beaucoup de respect. Elle, si elle l'évoquait en présence de sa mère, pendant une séance, c'est qu'elle ne s'estimait pas heureuse dans son mariage, ou qu'elle voulait le domestiquer, comme certaines femmes aiment à le faire. Elle espérait seulement que Farida n'était pas là à cause d'elle. Les voix avaient baissé, les deux femmes chuchotaient. Ichrak remit les écouteurs et tenta de reprendre le fil du récit à un moment de dépit et de révolte. *"… Je me suis balancée d'avant en arrière, sur un pied. Et comment, chaque fois qu'elle parle de lui, ne pas ressentir cette torsion du cœur, ce vacillement du corps tout entier ? Comment ne pas vouloir qu'elle poursuive le récit de sa vie et me dévoile les mystères qui encombrent la mienne ? Car, de la récente et furtive visite du Père, la Mère ne m'a rien dit, rien, pas une explication. Pas un mot de consolation. La Mère a comme oublié. Comme voulu, aussi, que j'oublie l'existence même de ce Père. À croire que la Mère m'a faite seule…"*

VII

PIC DE CHALEUR

Près de trente années auparavant, le quartier autour de la médina étalait sa richesse dans des ruelles où, plus qu'aujourd'hui, l'émotion pouvait se déclencher au moindre tournant. C'est ce qui était arrivé à Ahmed Cherkaoui lorsqu'il avait croisé Zahira. Elle avait vingt-quatre ans à l'époque, lui la trentaine. Il la connaissait, comme tout le monde dans le quartier. Une folle à laquelle il ne fallait pas se frotter. Elle était adepte du scandale, d'après ce qu'on disait, mais sa beauté insolente la faisait remarquer. Il l'avait déjà aperçue, mais de loin. Parce qu'il évoluait dans la bourgeoisie de Casablanca, tous deux ne fréquentaient pas les mêmes lieux. Cette fois-là, l'étroitesse de la ruelle les avait obligés à se frôler, au point qu'Ahmed avait ressenti ce qui émanait du corps de la belle Zahira. Pour lui adresser la parole, il avait adopté le ton juste, celui que l'on utilise lorsque l'on parle à un fauve pas encore apprivoisé. Un ton par lequel on affirme son assurance, mais en mettant ce qu'il y a de plus conciliant dans la voix. Elle avait accepté l'ombre et la limonade qu'il proposait de lui offrir sur une terrasse. À partir de là, une histoire d'amour pleine de feu avait vu le jour ; un feu qui ne pouvait se déclarer qu'à huis clos, lorsque les amants s'isolaient.

— Tu ne m'épouseras jamais. Dans cette chambre, tu me montres ta fougue, tu me parles d'amour, mais es-tu prêt à le montrer aux yeux de tous ? En m'épousant, par exemple ? Tu n'assumes pas, Ahmed. "Je t'aime, je t'aime", c'est tout ce que tu sais dire.

— Si je t'épouse, tu deviendras comme toutes les autres, tu ne me donneras plus ton corps comme tu le fais maintenant. Tu es un délice, Zahira.

— Salaud ! Tu ne penses qu'à ça !

Elle se leva du lit, ramassa ses vêtements, retirés avec calme par Ahmed quelques minutes auparavant, les enfila et sortit de la chambre avant qu'il n'ait pu plaider valablement sa cause.

Ce soir-là, Zahira était revenue en ville, avait déambulé pendant un long moment dans les rues jusque vers la place Bab-Marrakech. À part l'écho lointain de pas, les ruelles baignaient dans le silence. À un moment, de la musique arrivant par bribes attira son attention. Elle était comme sous l'effet d'un charme, car la mélodie parlait à son âme. Il s'agissait du début de la chanson *Seret El Hob*, *À propos d'amour*, de la grande Oum Kalthoum. Elle suivit le chant comme elle aurait suivi une étoile, celle brillant plus intensément que les autres.

La ana addi ech-chouq
Wi layali ech-chouq

Wa la albi addi azabou, azabou
Tol omri ba'oul[1]...

La voix était rugueuse et le chanteur la cassa à la fin de la dernière strophe. Il y eut des exclamations.

— Tais-toi, tu as exagéré ! Bois, plutôt.

— Tu as raison.

Et l'homme se servit un verre de vin qu'il ingurgita d'un trait.

— Il faut rincer les cordes, se justifia-t-il.

Il s'éclaircit la voix et recommença la mélopée d'Oum Kalthoum sur l'amour, ce sentiment capable de vous dépasser. Au bout de la première mesure, les autres l'encouragèrent avec des exclamations et reprirent la musique pour l'accompagner.

Au coin de la rue, Zahira avait reconnu la chanson de la diva et l'interprétation l'avait touchée. La mélodie était interprétée avec une sorte de spontanéité presque brutale, rompant avec le chant maîtrisé de la version originale. Puis elle avait poussé une porte entrebâillée donnant sur une petite cour. Quatre hommes étaient rassemblés, tenant chacun un instrument de musique. Le 'ouad[2] présenta à la jeune femme un sourire avenant. Son visage était beau, un peu patibulaire, mais une moustache ornant sa lèvre supérieure adoucissait son expression. Le d'rabki[3] portait l'uniforme de la police, la petite cour était située à l'arrière d'un bâtiment de l'État, des gardes certainement. L'homme jouait sur un rythme endiablé, les yeux fermés, la tête

1. *"Je ne suis pas à la hauteur du désir / Et des nuits du désir / Et mon cœur ne supporte pas sa torture / Toute ma vie, je dis..."*
2. Joueur de oud.
3. Joueur de darbouka (instrument à percussion).

penchée en arrière afin de mieux capter chaque battement et d'en vérifier la précision. Un kwamanji[1] au visage émacié portant fine moustache, le regard fixe focalisé sur la jeune femme, faisait glisser l'archet sur les cordes pendant que le battement d'un bendir, calmement, marquait les temps de façon syncopée. La musique instrumentale – le oud ciselant un solo – emplit la tête de la jeune femme pendant encore quatre mesures puis, soudain, s'arrêta net à une injonction du 'ouad.

— Approche, ma belle. Qui es-tu ? N'aie pas peur. Tu n'es pas perdue, viens, nous sommes là. Et puis, tu sais, lorsque le vin est tiré, il faut le boire, dit-il en se servant une rasade, son instrument posé sur les genoux.

Le musicien avait observé les étincelles qui crépitaient dans les yeux de la femme. Et celles-ci ne suffiraient pas pour qu'un feu puisse se propager convenablement, il fallait les entretenir avec un carburant.

— Bois ! Comment t'appelles-tu ?

La jeune femme hésita en tendant la main vers le verre, mais s'en empara tout de même et en vida la moitié d'un trait. Le 'ouad la sentait tendue. La musique l'avait attirée comme l'espérance d'un baume, sans doute. L'homme estimait que du vin et de la musique ne suffiraient pas à lui apporter la guérison qu'elle recherchait. Pour qu'une pression se relâche, il faut la mettre à l'épreuve en la poussant jusqu'au point de rupture. L'homme savait qu'elle n'en était pas loin. Recommençant à jouer, il se leva alors dans un éclat de rire et colla son

1. Joueur de kwamanja, le violon traditionnel.

large dos contre celui de Zahira ; les coups secs de la darbouka sur les nerfs de la jeune femme avaient intimé à ses hanches de bouger et son corps semblait commencer une dislocation par à-coups en son milieu, de manière maîtrisée. Puis elle entama une danse langoureuse, de tout le buste, les bras levés, les mains battant l'air telles les ailes du papillon en plein vol. À ce moment-là, le 'ouad riait à gorge déployée, les doigts serrant son instrument, la poitrine portée vers le ciel. L'homme au kwamanja se leva à son tour pendant que le b'nadri[1] remplissait un verre et le portait aux lèvres des danseurs qui devaient le vider d'un trait sous son regard insistant. La femme n'eut pas le droit de déroger à l'injonction, elle but. L'homme au oud se mit à danser pendant que la darbouka se déchaînait, multipliant les échos dans l'atmosphère. Il se cabrait en arrière, appuyant son poids sur le dos et les fesses de la femme, jusqu'au moment où il ne sentit plus de résistance aux spasmes qu'il mimait en roulant ses larges épaules contre elle. L'alcool que Zahira avait avalé et la musique lui avaient complètement tourné la tête. Elle ferma les yeux et se laissa envelopper par la fureur émanant des instruments. Le 'ouad se retourna et ses bras, sans la toucher, entourèrent la jeune femme, son oud pendant dans une main. Sa bouche cherchait celle de Zahira et sa tête se mouvait comme celle du naja s'attelant à subjuguer sa proie. La darbouka battait comme les pulsations d'un cœur affolé. La femme, en ondulant, tentait d'échapper à l'emprise de l'homme, et c'est à cet instant qu'à son tour se leva le b'nadri.

1. Joueur de bendir.

Il esquissa un pas de danse autour du couple, suivi par le kwamanji au visage sévère, qui frappait du pied le sol comme on abat un pilon : lourdement, de façon dure, sans faillir.

Le ʿouad, maintenant, ne souriait plus. Ses narines palpitaient et on aurait pu croire qu'avec son regard seul il allait transpercer l'épiderme de la jeune femme. Son corps serra de près celui de Zahira et il la contraignit jusqu'au bord de la table sur laquelle il venait de déposer son instrument. Le souffle de l'homme était maintenant dans son cou, brûlant. Le son strident du kwamanja parcourait la courbe d'une mélodie chaotique et agissait comme des griffes labourant l'intérieur du ventre de la femme. Ses hanches se mouvaient toujours, elle était ailleurs. Le b'nadri s'était déplacé à sa droite et bougeait, les bras déployés en croix. À ce moment, la darbouka devint plus cinglante, les sens de Zahira ne perçurent plus que cela et la respiration des hommes qui la cernaient. Celui au bendir la saisit par la taille, comme pour une invitation. Elle ne dansait plus, ballottée de torse en torse. Le ʿouad continua à danser en lui maintenant les mains en l'air. Le d'rabki vit cela comme un signal et tenta de plaquer le dos de la jeune femme contre la table. Zahira se débattit, résistant aux bras qui voulaient l'immobiliser. La jeune femme se tordait pour leur échapper et, dans une tentative de se dégager, elle eut un geste qui fit voler le oud ; celui-ci frappa le sol avec un son abominable, suivi d'un accord comme une déchirure, à cause de la réverbération de toutes les cordes à la fois. Un éclair traversa le regard du ʿouad, il serra fermement la femme aux poignets. La chute de l'instrument avait définitivement cristallisé la colère qui commençait à poindre en lui, et il le fit sentir.

— On voulait juste jouer avec toi, et tu te permets de bousiller mon oud ? Comme ça ? Tu sais ce que cela signifie ?

L'affaire prenait une tournure personnelle. Le regard écarquillé de Zahira reflétait le courroux de l'homme. Elle supplia.

— Je vous en prie, je vous en prie. Laissez-moi partir.

Le son de sa voix qui allait crescendo scella les choses. L'homme au oud plaqua une large main sur ses lèvres pendant que, de l'autre, il empoignait sa cuisse et la relevait à hauteur de la table. Elle se débattit comme une enragée. Zahira essayait de mordre la main qui l'étouffait et un cri perçant sortit de sa gorge. Pour obtenir son silence, le 'ouad la gifla de tout le bras. La violence de l'impact fut telle que le corps de Zahira se relâcha instantanément, abandonnant toute résistance. Cette nuit-là, si l'étoile à laquelle la jeune femme aurait pu se confier ou qu'elle aurait pu suivre avait revêtu sa robe la plus chatoyante, jetant mille feux dans le firmament, ce n'était pas pour guider le cœur sensible de Zahira, mais juste pour être la plus désirable et la plus flamboyante au bal de Bételgeuse, d'Aldébaran et des Pléiades, qui se tenait malheureusement à ce moment précis.

La gifle, d'un coup, avait fait cesser les murmures et les rires gras. Un regard avait suffi aux instrumentistes pour comprendre que le débat se conclurait désormais uniquement entre la femme et le 'ouad. Celui-ci, des deux mains, écarta fermement les cuisses en l'apostrophant :

— Qui t'a dit de venir ici ?

Il abaissa sa fermeture éclair, fourra sa main dans la découpe du pantalon, en extirpa son membre et, d'une poigne résolue, entreprit de chercher les muqueuses. La tension perçue plus tôt allait le servir, une aquosité allait lui ouvrir le chemin – ainsi pensait le 'ouad. Son corps couvrant celui de la femme, son regard était concentré sur un tatouage bleu représentant la lune flanquée de deux croissants, que le désordre des vêtements avait découvert sur l'arrondi de son épaule droite et dans lequel il ne pensait qu'à planter les dents.

*

"… *Lentement, je me rapproche alors de l'entrée de la cuisine pour voir l'ombre de plus près. J'aperçois ainsi une main. L'épaisse main de l'ombre qui dépose sur la table un morceau de viande mal ficelé et telles des furies, les femmes me bousculent et font irruption dans la cuisine. Les femmes, oubliant la main, oubliant l'ombre, se jettent avec violence sur la tranche de viande. Puis l'ombre disparaît, me laissant seule, dévastée, une béance en pleine poitrine…*" Lorsqu'elle avait découvert le texte gravé sur MP3 que Cherkaoui lui avait offert, Ichrak s'était rendu compte qu'elle n'était pas la seule à vivre avec des interrogations qui l'envahissaient de façon totale, agissant sur les battements de son cœur, capables de l'égarer parce qu'elles volaient ses pensées. "… *Sans plus attendre, je me suis rhabillée et j'ai ramassé mes affaires une à une, ai rejoint à toute vitesse la chambre sans fenêtre, m'y suis enfermée à double tour. J'ai fermé les yeux et prié le Père de venir me chercher…*" Avec les années qui s'écoulaient, ce sentiment ne s'atténuait pas et le manque était comme un gouffre immense, impossible à combler.

Ichrak était assise sur sa couche, Zahira sur celle d'en face. Elle était appuyée sur un coude et semblait lui dire quelque chose, le doigt pointé vers elle. Ichrak retira les écouteurs de ses oreilles et demanda :

— Qu'est-ce que tu veux encore ?

— Tu gagnes de l'argent et tu ne me donnes jamais rien, à moi, ta mère. Je ne peux plus m'habiller, regarde-moi. Je ne mange presque rien, je suis obligée d'aller mendier dans les rues. Honte à toi ! On ne traite pas sa vieille mère ainsi. C'est moi qui t'ai mise au monde, prononça Zahira en enfonçant ses doigts dans son ventre comme si elle voulait s'arracher les tripes. Tu n'as pas de gratitude, j'ai dû t'élever seule ! À cause de toi, j'ai été insultée, humiliée. Les gens m'ont jeté des pierres, ils m'ont traitée de sorcière, de prostituée. Tu n'aurais jamais dû venir au monde !

— Arrête, tu vas me rendre folle comme toi ! hurla Ichrak. Et tu oses te plaindre ? C'est moi qui devrais le faire, c'est moi qui te tiens à bout de bras. Tu ne me laisses aucun répit, mère. Tu m'as élevée seule parce que tu le voulais. Qu'est-ce que tu as fait de mon père ? Où est-il ?

— Je n'ai pas de comptes à te rendre.

— Tu crois ça ? Tu as des comptes à me rendre, tu me dois la moitié de ma vie.

— Tu veux me tuer, c'est ça ? Je le sens dans ce que tu me donnes à manger. L'autre jour, les aliments avaient un goût étrange…

Et la vieille femme se recula vers le mur en adoptant une mine d'enfant apeurée, chuchotant des paroles qu'Ichrak n'identifiait pas, comme d'habitude. Puis elle se tourna vers le mur, continuant à marmonner. La jeune femme n'en pouvait plus, elle emprunta presque en courant l'escalier étroit qui menait vers la terrasse, sur le toit de la demeure.

"L'argent, toujours l'argent !" Avec ses maigres revenus, Ichrak s'occupait de sa mère du mieux qu'elle pouvait. Elle ne lésinait sur rien, et d'ailleurs les médicaments absorbaient pratiquement tout ce qu'elle gagnait. C'était vital car, même avec, les crises de folie étaient insupportables. Les médecins disaient que le diabète pouvait causer des effets psychiques inattendus, mais Ichrak savait que c'était la vie même de sa mère qui l'avait conduite à ces excès.

Cette vie était des plus opaques pour la jeune femme. Elle n'en savait que peu de choses, sinon que Zahira était née et avait grandi dans le quartier. Sa beauté lui avait causé pas mal de problèmes. Qu'était pour elle cet homme, le géniteur d'Ichrak ? Aujourd'hui, chacun des mouvements de la jeune femme sans père était scruté. Lorsqu'elle se promenait, il lui arrivait souvent de surprendre deux interlocuteurs ou plus s'entretenant en la fixant ouvertement. Ichrak rêvait d'un homme important dont le pouvoir serait craint au point que jamais personne n'aurait osé divulguer son secret. Sinon, comment un tel mystère était-il possible ? À moins que sa mère n'ait eu de nombreux amants dans sa jeunesse. Aussi loin qu'elle s'en souvienne, Ichrak avait toujours connu sa mère plus ou moins folle. Petite, déjà, elle devait s'occuper d'elle. Zahira sortait, rentrait avec de quoi manger, mais Ichrak n'a jamais su comment elle se procurait cet argent.

Mendiait-elle ? Procédait-elle autrement ? Elle recevait des clientes, également, mais cette activité suffisait-elle à subvenir à tout ? Il y avait aussi la maison dans laquelle elles vivaient, qui lui appartenait et dont elle disait seulement : "On m'a aimée."

Si les étoiles brillaient, cette nuit-là, dans le firmament, Ichrak ne pouvait les voir car le ciel était obscurci par la masse de sable charriée par le désert. Un souffle brûlant balayait les toitures d'où l'on pouvait voir les terrasses se succéder à perte de vue ainsi que la multitude d'antennes paraboliques comme des pastilles de lunes dans la nuit. Ichrak s'était installée à l'abri, assise sur un tapis. Elle posa un doigt sur un bouton de son lecteur MP3 et reprit le récit de cette fille, tiré d'*À l'origine notre père obscur* de Kaoutar Harchi. La mélodie du texte se déliait dans sa tête et, pour un temps, transporta la jeune femme vers un monde où la douleur partagée de l'autre parvient à bercer un tant soit peu sa propre peine. C'est ainsi que l'âme d'Ichrak put prendre un peu de hauteur, s'envoler et rejoindre le ciel, même si des turbulences se déroulaient au même moment en son sein, alors que le récit créait comme des affluents en elle : "... *Figée sur une marche d'escaliers, dans le noir, durant de longues minutes, j'ai ce sentiment d'être encore dans la chambre à coucher du Père, d'entendre le souffle de sa respiration, de percevoir chaque battement de son cœur, de sentir son odeur sur mes vêtements, son regard rivé sur la robe blanche brodée de dentelle, de revivre, en boucle, cette expérience qui est de mourir et de revenir d'entre les morts. Je t'attendais, dit-il, à voix basse...*"

Il avait fallu qu'il sorte. Slimane Derwich avait à nouveau reçu la précieuse Noor pour évoquer avec elle l'œuvre d'Assia Djebar et cela s'était déroulé de façon plus catastrophique encore. Cette fois, c'était sûr, jamais plus il ne la recevrait chez lui. D'ailleurs sa réputation était définitivement minée auprès d'elle. Il n'avait pas su comment s'y prendre. Ils s'étaient assis chacun sur une chaise et Slimane avait bien dû commencer la discussion, mais il n'avait pas été à la hauteur parce que la même scène s'était reconstituée, et que cette fois Noor était vêtue de tissus diaphanes couleur perle et crème qui la rendaient plus précieuse encore, le gris parvenant à briller dans le clair-obscur de la chambre. Son maintien était toujours aussi réservé, ses mains sagement croisées sur l'ouvrage posé sur ses genoux. En échangeant à propos du rôle de la littérature dans les luttes d'indépendance, elle s'était enflammée et c'est là que le désastre avait été initié ; le volume de *La Femme sans sépulture* avait glissé sur les tissus soyeux et s'était retrouvé par terre. Slimane s'était penché pour le ramasser, elle, malencontreusement, avait fait de même, et ce qui ne devait pas arriver était arrivé : le contact des doigts de la jeune fille sur ceux de Slimane avait agi comme un détonateur, faisant voler son sens de la maîtrise en éclats. Il oublia Noor, la grâce faite femme, il fit fi des mouvements si délicats qu'elle exécutait, il n'eut plus conscience de sa sensibilité extrême, il lui saisit le poignet comme dans un étau.

— Que faites-vous ? cria-t-elle dans un souffle.

Slimane, sous pression comme il l'avait lui-même diagnostiqué, prit la jeune fille à bras-le-corps.

D'une torsion du buste, Noor se dégagea et recula d'un pas, les deux mains devant elle comme une protection.

— Écoutez… commença Derwich.

— Je ne crois pas que vous me reverrez ici, monsieur Derwich ! J'espère seulement que votre conduite n'est pas connue à l'université.

Son regard était sans appel. Elle tourna les talons, ouvrit la porte et sortit sans même la refermer et sans ramasser l'ouvrage pour lequel elle était venue. Ce n'était plus "M. Slimane", comme une déclaration d'amour, mais "M. Derwich". Slimane, qui voulait rentrer sous terre pour oublier jusqu'à sa propre existence, eut besoin de toute sa volonté pour accomplir les deux ou trois pas vers la porte. Dans la cour, Noor, réajustant son foulard, échangeait quelques mots avec Mme Bouzid et Sese. À un moment, tous les trois se tournèrent vers lui. La hachma[1] lui fit refermer la porte aussitôt, mais il eut tout de même le temps d'entendre le rire de la jeune fille, après une remarque de cet effronté de Congolais qui ne savait jamais rester à sa place.

Il avait gardé la chambre comme un convalescent jusqu'au soir mais, à un moment, il dut sortir, par besoin de voir du monde. Il avait remonté le boulevard Sour-Jdid, dépassé l'école navale, pris à droite juste avant le Rick's Café et parcouru le labyrinthe de l'ancienne médina avant de déboucher rue Goulmina, attiré par la fraîcheur sous les arcades. Il s'attabla seul. En attendant d'être servi, il ruminait ses griefs. Devant lui, le monde continuait à tourner. Sur la chaussée, les automobiles

1. La honte (une des pires choses qui puisse arriver à quelqu'un).

se faisaient plus rares mais elles égayaient la rue de leurs feux et de leurs klaxons. Des balayeurs finissaient de retirer les immondices au bord des trottoirs. Les magasins étaient encore éclairés pour prolonger la vente en nocturne car il y avait une famille à nourrir. Un shayeur ouest-africain passait entre les tables, proposant des DVD pirates de tous les blockbusters du moment aux consommateurs. Lorsqu'il arriva à la table de Slimane Derwich, celui-ci fit un geste comme pour chasser une mouche et l'insulta en arabe.

— Baâd menni, azzi[1] !

Le type voulut insister, n'ayant sans doute pas bien compris, mais on le sentait blessé ; le ton suffisait à décrire l'état d'esprit. Slimane alors se leva et, d'une poussée sur la poitrine, le fit reculer. Le shayeur se mit à proférer des imprécations en bambara et contre-attaqua ; il envoya Slimane valser dans les chaises, les quatre fers en l'air. Les serveurs et des clients durent s'interposer. Ils repoussèrent le type qui criait encore en français "Pourquoi ?".

— Ce sont des chiens ! Qu'est-ce qu'on attend pour s'occuper d'eux une bonne fois pour toutes ?

Derwich se tourna vers un des hommes qui l'avaient aidé à se relever.

— Qui t'oblige à lui acheter sa camelote, à ce type, et à lui parler ? On n'est plus chez nous. Tu as eu raison de le chasser, j'aurais fait la même chose.

Le consommateur qui lui témoignait tant de sollicitude était coiffé d'une petite casquette Gucci et portait un maillot du PSG. Yacine Barzak était passé s'enquérir des activités dans les immeubles en face

---

1. "Loin de moi, esclave !"

des arcades auprès des hommes qu'il avait postés afin de provoquer l'occasion dont il avait besoin pour chasser la population de squatteurs. Depuis quelques jours, Guerrouj avait insisté pour abandonner l'idée de mettre le feu aux immeubles. En effet, les assurances pouvaient tout geler pendant des années et ce serait la catastrophe. La terreur était plus indiquée, les gens partiraient d'eux-mêmes. Le harcèlement ne suffisait plus et on ne pouvait jamais rien déléguer. Il avait fallu que lui-même passe par là pour que surgisse cette fameuse occasion en la personne, pas très sûre d'elle, qui se tenait debout devant lui. Toutefois, ayant entendu des paroles de soutien, Slimane se ragaillardit :

— Des vermines qui viennent ici pour nous prendre tout. À commencer par nos femmes !

— À qui le dis-tu ?

Pointant du doigt vers l'autre côté de la rue, Barzak poursuivit :

— Là, en face, tous les jours, on en voit qui entrent et qui sortent, des va-et-vient, du matin au soir, mentit-il pour susciter des images de stupre. Combien de temps allons-nous, nous les hommes, encore supporter cela ? Qui est prêt à se mouiller pour que le quartier redevienne comme avant ? Personne ?

— Si, moi ! proclama un de ses acolytes

— Moi aussi ! lança un autre, comme s'il avait répété un dialogue.

— Toi, aussi, houya, je le sens ! Tu es quelqu'un d'important, qui a étudié, ça se voit. On n'a pas aimé ce qui s'est passé tout à l'heure avec cet esclave. Je sais où ils sont, allons-y !

Barzak tenait Derwich par le coude et, avant que celui-ci n'ait pu comprendre, c'est une petite cohorte d'une dizaine d'individus, poussant l'assistant à l'université en avant, qui traversa la rue pour se diriger vers l'immeuble d'en face et monter au deuxième étage.

Les alizés du nord-est n'avaient pas réussi à faire la jonction avec ceux du sud-est, censés se diriger vers l'Atlantique nord. Alors Chergui, originaire des confins du Sahara, dut passer par l'équateur pour faire appel à celui qui contrôlait l'axe le plus important dans l'Atlantique sud, le puissant courant de Benguela, né au large des côtes Kongo[1], pour qu'il vienne soutenir le courant des Canaries et dégage pour Chergui un couloir à l'est de l'anticyclone des Açores, qu'il puisse poursuive son odyssée. Le prix à payer pour alléger le blocus sur Casablanca, passer Gibraltar en force et accéder à la Méditerranée, était que Benguela, allié au courant équatorial et au courant du Brésil – les forces en présence au nord des quarantièmes rugissants et du courant austral –, parviennent ensemble à briser l'offensive du Gulf Stream et à distraire le Changement climatique sur un autre théâtre des opérations, en provoquant des cyclones en Amérique centrale et dans le Sud des États-Unis. Ce qui fut rendu possible grâce à des infiltrations de courants à haute température issus de l'Austral. Le déclenchement aux États-Unis de deux cyclones majeurs obligea l'ennemi à concentrer ses forces sur le Texas et la

---

1. Le royaume du Kongo comprenant l'Angola, une partie du Congo (RDC), le Congo-Brazza. Superficie : trois millions de kilomètres carrés, la capitale en était Mbanza-Kongo, située aujourd'hui en Angola.

Floride, ce qui causa des dommages se chiffrant en centaines de milliards de dollars et une perte d'un point et demi du produit intérieur brut sous la gouvernance apocalyptique du président Donald Trump. Mais le combat pour ad-Dar al Bayda' se poursuivait et, par plus de 45 degrés centigrades, la langueur envahissait le cœur des femmes, des incendies embrasaient celui des hommes.

Dans l'étroit couloir du deuxième étage, les coups de boutoir contre la porte dominaient les imprécations et les cris des hommes armés de bâtons et de couteaux. À un moment, le chambranle ne résista plus et la serrure vola en éclats. Les hommes s'engouffrèrent dans la chambre et les objets contondants sabrèrent l'air. Dramé et celui qui passait parfois avec Abdoulaye essayaient de se protéger ou d'esquiver mais la petite pièce ne permettait aucun mouvement. Les poings s'abattirent sur les crânes, sur les dos, sur les côtes. Les Ouest-Africains tombèrent écrasés par le nombre.

— Attachez-les ! cria Yacine.

On arracha leurs t-shirts pour s'en servir de liens. Gisant sur le sol comme du bétail, ils se débattaient en se tortillant comme des vers, en vain.

— Tenez-les !

Des mains agrippèrent les membres. Barzak se pencha, le couteau à la main. Son bras s'abattit sur la première de ses victimes, l'ami d'Abdoulaye. Celui-ci avait bougé et le couteau rencontra l'os de l'omoplate, ne perçant la chair que superficiellement. Il dut s'y reprendre à deux fois, trois fois, une gerbe de sang jaillit sous les hurlements confondus de la victime et des bourreaux. Dramé entendait le brouhaha mais ne voyait rien car une semelle était appuyée sur sa nuque, lui forçant le visage contre le sol. La première victime exhalait un son rauque, les poumons transpercés. Il râlait déjà.

— À toi ! dit Barzak, tendant le poignard plein de sang à Slimane Derwich.

Avant de comprendre, il avait déjà la lame dans la main. Pris de vertige, il leva le bras et frappa. Il fut surpris de voir la lame s'enfoncer si facilement dans la chair de Dramé, faisant suinter de l'hémoglobine sur le manche du couteau, le lâcha aussitôt, épouvanté par son geste. Slimane se redressa, les yeux hagards. Pendant que les autres s'acharnaient contre les corps à coups de pied, Derwich, l'esprit pris dans un tourbillon, observa la scène quelques secondes, mais son instinct lui dictait de s'extirper de la pièce à l'instant.

Il se retrouva à dévaler les escaliers de l'immeuble quatre à quatre, suivi par tous les autres. Au-dehors, l'air comme de l'étoupe l'étouffa ; il courut dans le dédale des ruelles et ne ralentit que lorsque son cerveau sembla reprendre le dessus. Il marchait avec hâte dans la nuit opaque et avait l'impression que toute la ville entendait ses pas résonner sur les pavés de pierre. Il tentait de recouvrer son calme, de rassembler ses esprits, mais l'opération s'avérait complexe ; la culpabilité l'empêchait de se repasser les images de ce qui s'était déroulé quelques minutes plus tôt dans la chambre minable, et il sentait qu'il devait se mettre à l'abri entre ses propres murs. Il évitait le regard des ombres qu'il croisait. Il avait même l'impression qu'elles s'écartaient à son passage. Ce qu'il venait de commettre se reflétait sans doute sur son visage, chacun pouvait y lire son forfait. Les poings et la mâchoire serrés, les yeux emplis de larmes, il exhala un gémissement. La scène de carnage à laquelle il venait de participer l'avait littéralement dépassé, dans le timing et dans l'horreur. Machinalement, il frotta ses mains à son pantalon et les examina. Il subsistait une pellicule brune entre ses doigts. Il se remit à courir jusqu'à ce qu'il arrive à une centaine de mètres du Café Jdid où il ralentit enfin le pas, faisant de son mieux pour se débarrasser de cet air éperdu qu'il arborait.

VIII

EFFET DE SERRE

À peu près une semaine plus tard, lorsque Sese franchit la porte de la cour, revenant de faire un tour, il fut assailli par les enfants, plus excités que d'habitude. Ils se mirent à parler tous en même temps.

— Du calme ! intima, Sese.

Il avait entendu le mot "police" dans la confusion.

— Qu'y a-t-il ? Dis-moi, Mounia.

La grande commença à expliquer :

— Il y a des policiers qui sont venus emmener M. Derwich.

— Il y en avait plein, en uniforme et en civil, précisa Tawfik.

— Ils étaient super-armés, renchérit Bilal.

— Ils ont frappé à sa porte, continua Mounia. Quand M. Derwich a ouvert et qu'il les a vus, il s'est mis à pleurer et a tendu ses mains.

— Comme ça ! mima Bilal, les poignets offerts, le visage déformé par de prétendues larmes.

— On lui a mis les menottes et on l'a emmené. C'est tout, termina la gamine.

— Vous savez pourquoi on l'a arrêté ?

Ce fut encore la cacophonie.

— Je vois, dit Sese.

— On l'a emmené où ? demanda la petite Ihssan.

Sese, aussitôt, prit son téléphone et tapota l'écran.

— Ouais. Passez-moi le commissaire. S'il vous plaît.

Il prononça cela le buste droit, le charisme sur la face, soignant un accent parisien.

— Ouais, faites vite.

Il vérifia auprès des enfants si l'air important qu'il adoptait pouvait donner le change ; effectivement, leurs regards étaient tournés vers lui, admiratifs, des sourires ravis aux lèvres.

— Ouais, Mokhtar. Je voulais te parler de mon voisin, M. Slimane Derwich. C'est un type bien, tu sais, un sale caractère mais… Ah, bon ? D'accord.

Et Sese raccrocha, la mine défaite. Mme Bouzid, qui venait de sortir, demanda :

— Tu as appris, pour Derwich ?

— Oui, je vais aux nouvelles. À tout à l'heure.

Et il s'éclipsa.

Vingt minutes plus tard, il remontait le long des arcades de la rue Goulmina, traversait pour entrer dans l'immeuble en face jusqu'au second étage puis frappait à la porte. Lorsque Dramé ouvrit, son sourire, en voyant Sese, se transforma en grimace de douleur, il se tenait le ventre d'une main.

— Tu es sorti de l'hôpital quand ?

— Ce matin. Quand je t'ai appelé, je venais de sortir. Comment, tu vas, Sese ? À la maison, ça va ?

— Commence pas. Oui, tout le monde va bien, les oncles, les tantes, Lalah Saïda…

Dramé commença à rire mais il s'arrêta aussitôt, sa blessure à l'abdomen ne le lui permettait pas.

— Assieds-toi, plutôt.

Dramé s'assit sur un des matelas. Trois types y étaient installés, chacun tendit la main à Sese.

— C'est à moi de te demander comment tu vas.

— Waw ! J'ai risqué ! Regarde.

Il souleva son t-shirt et montra un ventre recouvert d'un grand carré de pansements.

— À un centimètre près, je te jure, man, il me bousillait tout, avec son couteau. Dieu est grand. Wallaï ! J'arrête l'escroquerie. Je vais attendre qu'une bourse des matières premières s'ouvre ici, à Casa, je vais devenir trader, c'est mieux, c'est plus honnête. Si je suis encore vivant, c'est parce que la lame a glissé en coupant un de mes dreads, ça m'a sauvé, regarde.

Et il exhiba une de ses tresses, sévèrement entaillée.

— La locks coupée, là, c'est un signe, man. C'est comme si Dieu lui-même me prévenait personnellement, quoi.

— Justement. Je viens d'avoir le commissaire Daoudi au téléphone. Ils ont arrêté un suspect et c'est mon voisin, j'y crois pas.

— Ceux qui ont voulu me tuer, et surtout celui qui m'a enfoncé le couteau, je le reconnaîtrais partout, même dans cent ans. Ils m'écrasaient la tête, man, mais pendant une seconde je l'ai vu et bien vu.

— C'est pour ça que je voulais que tu viennes avec moi. Je comprends rien… C'est un intello, pourtant, ce type. Mais, c'est vrai, il était bizarre ces jours-ci. On l'a à peine vu et, quand il passait, on avait l'impression qu'il rasait les murs.

— Je viens avec toi, je veux voir la figure de ceux qui ont tué l'ami d'Abdoulaye. Il était juste venu me visiter, il passait par hasard, quoi.

— Je vais te chercher un taxi, tu ne pourras pas marcher longtemps, dans ton état.

— C'est comme tu veux, man.

À la préfecture, ils attendirent mais pas beaucoup. Le commissaire Daoudi les fit entrer presque tout de suite.

— Comment, tu vas, commissaire ? dit Sese, tendant la main par-dessus le bureau.

Dramé fit de même.

— Comment ça va, la blessure ? s'enquit Daoudi.

— Ça va, je me rétablis doucement. À l'hôpital, ils m'ont bien soigné, mais j'ai risqué.

— Je sais, mon ami. C'est pour ça que j'ai tout fait pour mettre la main sur les coupables. On en a un, les autres courent toujours, mais on n'a pas encore fini d'interroger le professeur. C'est vrai, l'enquête a été difficile, on a dû faire des recoupements, des chipotages, mais bon ! Dieu est grand.

Il n'y avait aucun doute à ce sujet, seulement l'arrestation de Derwich avait été d'une facilité déconcertante. Il avait juste fallu quelques jours, le temps de recueillir tous les témoignages, et le tour était joué. Parce que tout le monde l'avait vu, Derwich, courant, éperdu, du sang sur les mains. Les ruelles n'étaient pas aussi désertes qu'il l'avait cru, les ouvertures dans les murs semblaient aveugles mais ne l'étaient pas, les ombres croisées s'étaient avérées des témoins à charge. Une dizaine avaient défilé devant un petit judas pour identifier le suspect et, en dehors des taches de sang sur les mains, la figure de Slimane Derwich n'avait pas varié, elle arborait toujours cet air de détresse qu'elle avait la nuit du carnage. De ses complices, il ne pouvait rien en dire, sauf que leur meneur portait une petite casquette Gucci, un minuscule sac en bandoulière de la même marque, ainsi qu'un maillot de l'Olympique de Marseille, jura-t-il sur la tête de sa propre mère. Slimane se souvenait aussi qu'il avait un air de gamin, au point qu'il l'avait cru inoffensif.

— Tu peux aller vérifier si c'est bien ton type, dit Daoudi à Dramé, mais ça ne vaut même pas la peine, tous les témoignages sont formels.

Le commissaire se leva.

— Je ne peux pas en dire plus, les besoins de l'enquête, vous comprenez… Demande à l'inspecteur Choukri, derrière le guichet, de te conduire pour l'identification. Allez, prends soin de toi.

Sese, debout, s'attarda.

— Et pour Ichrak, vous avez des nouvelles ?

— C'est complexe, cette enquête, on cherche encore mais bientôt, Inch'Allah… répondit le flic en soupirant.

Il tendit la main à Sese encore une fois.

Sese n'était pas au mieux de son moral. Il avait glandé toute la journée, avait passé la soirée en compagnie de Camerounais et de Gabonais dissertant sur les mérites respectifs de Fally Ipupa[1] et Samuel Eto'o[2] au niveau des sapes et des bagnoles, mais le cœur n'y était pas. Il était rentré chez lui, avait gagné sa chambre et allumé son ordinateur, n'en attendant pourtant pas

1. Chanteur congolais.
2. Né le 10 mars 1981 à Nkon, dans la banlieue de Yaoundé au Cameroun. Footballeur international camerounais.

grand-chose. L'écran, d'ailleurs, ne lui promettait rien. N'y défilaient que des visages de femmes anonymes qui semblaient directement sorties d'un cabinet de soins esthétiques. Chacune vantait sa sensibilité, son goût pour les arts et les promenades dans la nature, son désir de voyages et de découvertes.

Le jeune homme commençait à s'ennuyer ferme quand un trille à la résonance quasi aquatique se fit entendre. Il cliqua sur un bouton marqué "Accepter". Sese connaissait bien le visage qui apparut plein écran. Il réagit en augmentant le son et en réajustant son micro plus près de la bouche. Dans la foulée, il adopta son fameux sourire commercial, celui avec lequel on lui aurait donné le bon Dieu sans confession, car la dame l'avait gratifié deux ou trois fois d'un envoi de cent euros. La dernière, c'était quelques semaines auparavant. Il n'en avait plus entendu parler, croyant qu'elle l'avait déjà jeté, comme les autres parce qu'à chaque fois, elle avait pas mal rechigné avant de poser son geste.

— Tu vas bien ? entama-t-il.

Elle répondait au pseudo évocateur de Douce Solange. La femme le regarda fixement pendant un long moment. Le délai à travers la fibre optique du Maroc à l'Europe, sans doute, mais Sese pensait plutôt qu'il y a des neurones qui mettent plus de temps que d'autres pour délivrer une info au cortex. Il ne pouvait rien saisir de son expression, vu qu'un reflet bleuté sur les verres de ses lunettes lui cachait ses yeux, empêchant toute évaluation rapide.

— Tu vas bien, ma chérie ? répéta-t-il. Et merci pour le Western, c'était gentil.

— Il était temps ! Même pas un petit signe, depuis.

— J'avais ma formation en informatique. Et j'ai eu de mauvaises nouvelles de Kinshasa. Tu te souviens, je t'ai parlé d'une tante qui m'a élevé ? Eh bien elle vient de faire une rechute. Je voulais pas t'inquiéter pour ça, alors j'ai hésité à t'appeler. J'ai besoin de trois cents dollars, le plus vite possible. Les médecins parlent de dialyse. Je ne peux pas rester sans rien faire, et je suis tellement loin…

Sese ne s'appesantit pas davantage sur le développement inopiné de la maladie. Subtilement, il passa à un autre sujet, en attendant qu'un sourire veuille bien apparaître sur le visage de son interlocutrice. Il confia son quotidien pénible de migrant bloqué au Maroc, attendant qu'une opportunité de franchir le détroit de Gibraltar se présente. Sans verser dans le pathos, il lui parla des files d'attente interminables sous le soleil pour recevoir un peu de nourriture du gouvernement marocain. Sans accuser personne, il l'entretint de la nécessité de raser les murs chaque jour par peur des contrôles policiers incessants, sans s'en plaindre, toutefois, car cela pouvait passer pour un entraînement valable dès lors qu'il comptait gagner la France. En vérité, ce qu'il déplorait par-dessus tout, ce qui l'accablait réellement, c'était la difficulté dans sa situation de trouver un créneau horaire où ils pourraient être seuls tous les deux, car il squattait une cave de vingt mètres carrés avec douze autres compagnons africains, et en sous-sol, c'est connu, c'est pas évident, le réseau. D'autant plus qu'ils piquaient le wifi à un voisin, pas loin, qui téléchargeait tout le temps. Il souffrait énormément de ne pouvoir échanger davantage avec celle dont il était fort amoureux déjà. Finalement, il revint à sa famille au pays et aux dialyses qui coûtaient chacune plus de dix fois le salaire mensuel d'un fonctionnaire de l'État congolais. Sa tante étant veuve, c'était à lui, considéré comme son fils unique, qu'incombait le devoir de lui venir en aide. Sese commença à percevoir, non pas un sourire, mais beaucoup mieux : une mine attendrie. Autrement dit, l'espoir de pouvoir arrondir la fin de son mois.

— Mon Koffi ?

C'était le pseudo sous lequel se présentait Sese. Cela sonnait plus africain que Sese Seko, qui pouvait passer pour japonais ou n'importe quoi. Il fallait éviter les noms à consonance asiatique, c'était notoire, ce n'était pas dans cette partie du monde que les Européennes allaient faire leur shopping s'agissant de sexe et d'amour.

— Oui, mon poussin.

Sese pensait aussi qu'elles adoraient s'entendre appeler par des noms d'animaux. Le jeune homme avait vu juste car le sourire attendri se mua en une moue pleine de timidité.

— Koffi, je peux te demander quelque chose ?

— Bien sûr ! susurra-t-il, ajoutant un mot ou deux sur la tendresse "spéciale" qu'il éprouvait pour elle.

— Tu me montres ton truc ?

— Mon truc ? Qu'est-ce que tu veux dire par là ?

— Mais ton truc, tiens. Allez, comment on appelle ça, dans ton pays en Afrique ? Ton machin, quoi.

— Écoute, Solange, c'est délicat, je ne sais pas si je…

— C'est pas Koffi le Grand Ngando, que tu t'appelles ? Alors montre-le, ton crocodile.

— Mon canard…

— Tu le veux, ton fric, ou pas ?

— Si, mais on est dans un pays musulman, ici. Il y a des choses que je peux pas faire.

— Tu es musulman ?

— Non, pas du tout, mais je suis solidaire.

— Je veux la preuve que tu m'aimes. Allez, mon chou, montre-moi, juste un peu. J'ai jamais vu celle d'une personne de couleur.

— Mais, enfin, Solange ! C'est moi, ton Koffi !

— Tu le montres ou pas ?

— Attends, je te rappelle. On frappe à la porte, c'est le voisin du wifi. À tout de suite !

Sese avait coupé la caméra, arraché son dispositif écouteurs-micro et il était déjà debout. Merde ! Il s'en voulait d'avoir ainsi perdu les pédales. Au début de sa carrière de brouteur, jamais une telle défaillance ne lui serait arrivée. Il était prêt à tout, à cette époque. Mais elle avait raison, Solange : comment prouver son amour, sinon par la présentation, tel un certificat, d'une érection probante ?

"Mais elle, aussi ! jura Sese intérieurement. Et ma pudeur, alors ? Demander de telles choses au moment où j'avais juste besoin d'une petite aide matérielle et n'étais pas encore prêt à passer, comme ça, directement, au sexe numérique. Pourquoi se presser ? On peut parler d'abord, non ? On peut échanger davantage. C'est quoi, trois cents dollars, pour elle ? Toutes les mêmes !" conclut-il en guise de consolation, et il sortit prendre un peu d'air sur la marche devant sa porte. Que la lune et les étoiles, au moins, puissent être témoins de son infortune.

À un moment, il leva la tête vers les astres et l'Aigle de Kawele[1].

— Mo Prezo, na baye. Nakomi lokola mwan' etsike, Vié. Ichrak, kaka, Vié na ngai[2] ! En plus, les femmes commencent à me voir comme un opposant, maintenant. Je n'ai plus qu'à plier bagage ou quoi ? Tenter la traversée vers Gibraltar, puis Madrid… Qu'est-ce qu'il y a à Madrid qu'il n'y a pas ici, Vié ? Des papiers ? Je suis intégré maintenant. Toi, tu as choisi ce pays pour te reposer, je crois que je vais faire la même chose. J'irai à Rabat, au cimetière chrétien, me prosterner sur ta tombe, et peut-être demander une audience à Mama Bobi Ladawa[3], si elle consent à me recevoir, qu'on puisse parler de toi un moment. Vié, parce que je m'oppose à cette femme, elle veut me léser financièrement. Toi, même les opposants, s'ils s'étaient opposés avec courage, tu leur donnais un poste au gouvernement, ou le gouvernement lui-même. Et malgré ta magnanimité légendaire, certains ont osé refuser. Des ingrats, Vié. Moi, je m'oppose juste à l'impossible, du coup je suis mal vu. C'est quel genre de

---

1. Un des surnoms donnés à Mobutu, ainsi que Grand Léopard, Papa Maréchal ou le Guide. Note personnelle de l'auteur : Mes trois premiers enfants, nés au Zaïre, ont prononcé le nom de Mobutu avant de savoir dire "papa" ou "maman". L'un, c'était "Tututu", les autres, "Papa Bo" (juste avant les infos, Mobutu, devant une foule, nous demandait quotidiennement : "Papa bo ? Mama bo ? Ekolo bo ? Mokonzi bo ?" pour : "Combien de pères, combien de mères ? Combien de nations ? Combien de chefs ?" La foule répondait à chaque question : "Moko !", "Un !". "Merci !", disait-il ensuite.)
2. "Mon Président, j'en ai assez ! Je suis devenu comme un orphelin ! Il n'y a qu'Ichrak, mon Vieux à moi !"
3. Épouse de feu le président Mobutu.

démocratie, ça ? C'est même pas un processus. Et puis, au niveau solidarité avec le monde arabe, c'est toi qui m'as tout appris. N'as-tu pas dit, le 4 octobre 1973, à la tribune de l'ONU : "Entre un ami et un frère, le choix est clair, je choisis le frère" ? Et tu as rompu les relations diplomatiques avec Israël parce qu'ils avaient exagéré, en annexant des territoires égyptiens. Plein de pays africains ont suivi le mouvement, et moi, je fais quoi aujourd'hui ? Je ne dois pas te suivre ? Alors que je suis ton pur Petit[1] ? Vié, tu vois comment elles sont ? Comme la communauté internationale. Tu veux rester toi-même ? Du coup, elles deviennent sans pitié, te coupent les fonds, gèlent tes avoirs, te fomentent une rébellion au nord ou quelque part à l'est. Si tu es arabe ? Elles te fabriquent un faux printemps comme ceux avec des djihadistes, qui tuent d'abord les musulmans, méprisant totalement le bismillah[2]. Elles sont diaboliques, Vié.

La soirée n'était pas très avancée mais la petite cour était vidée des enfants qui y mettaient l'animation du matin au soir quand ils n'étaient pas à l'école. Ces moments lui rappelaient sa solitude dans un pays étranger. Ichrak était partie, et un pan de sa nouvelle vie s'en était allé. En sa compagnie, un fiasco comme celui qu'il venait d'essuyer n'aurait pas eu lieu. Tout était bien plus léger avec elle. Le moindre stress et son rire qui s'égrenait dans l'air, pareil au chant des anges, vous faisait oublier jusqu'à

1. Pur petit frère de cœur. "Pur Vieux" : véritable grand frère de cœur.
2. La miséricorde.

l'existence même de la mort. Cela ne se passait pas toujours sans incident non plus, dans leur business. Comme certaines menaces que des "clients" avaient proférées. Des mécontents habitaient peut-être le pays, ou Casablanca même. Il était arrivé à Sese de mettre à exécution sa menace de tout dévoiler à l'entourage, quand il était parvenu à les repérer sur Internet. Le monde était petit et leurs proies, en plus de son décolleté, avaient vu le visage de la jeune femme. Sese espérait seulement que l'un d'eux n'avait pas rencontré son amie la nuit funeste. Le jeune homme commençait à se rendre compte que certaines choses devaient être pensées à deux fois avant d'être réalisées même si, dans son esprit, ses activités de maître chanteur consistaient ni plus ni moins à rendre la monnaie de leur pièce à des pervers informatiques.

Le jour de la mort d'Ichrak, Sese était allé la voir très tôt le matin, et il était tombé sur l'attroupement autour de son corps. Elle l'avait appelé tard, la veille au soir, désemparée : elle avait besoin d'argent, sa mère était mal. Le jeune Congolais lui avait promis de lui en donner le lendemain, il devait toucher un virement Western Union et il viendrait la prendre chez elle, à Derb Taliane, pour qu'ils aillent ensemble à l'ouverture des agences. Elle était certainement sortie en pleine nuit, dans l'espoir d'emprunter des médicaments chez le pharmacien qu'elle connaissait, et elle avait rencontré son destin.

Du côté de la police, Daoudi ne semblait pas encore avoir trouvé de piste concernant un éventuel meurtrier. Aucun suspect n'apparaissait. Pour l'instant, n'importe qui pouvait l'avoir tuée. Il est vrai que le caractère rebelle de son amie en agaçait plus d'un, mais de là à l'assassiner… Curieusement, le commissaire ne paraissait pas s'investir dans l'enquête. Il ne répondait que vaguement aux questions que Sese lui posait. Trop vaguement, d'après le jeune homme, alors que, comme tout le monde, il connaissait bien la victime. Constatant ce manque d'intérêt, le jeune Congolais commençait à se demander à quel point Ichrak et le policier se connaissaient. De leur relation, Sese ne savait qu'une chose : "C'est un porc, il est pire qu'un chien !" C'est par ces termes qu'Ichrak avait qualifié le commissaire Daoudi. Elle le haïssait, et le méprisait bien plus encore. L'homme l'avait arrêtée, un soir, et quelque chose avait dû se passer dans le cachot où elle avait été brièvement incarcérée : on ne traite pas un flic de porc juste parce qu'il vous arrête. Ils partageaient certainement un secret. Malgré son manque de scrupules, Mokhtar Daoudi était-il capable d'éliminer une fille telle qu'Ichrak ? Pour la faire taire ? À propos de quoi ? Par orgueil ? Peut-être. Mokhtar était capable de se débarrasser de quelqu'un pour un gros business, mais une fille telle qu'Ichrak, on ne pouvait la tuer que par passion amoureuse comme le prétendraient certains avocats ne connaissant rien au domaine de l'amour. Pour Sese, Mokhtar Daoudi n'entrait pas dans la catégorie des amoureux violemment éperdus.

D'en face, une voix le détourna de ses préoccupations, et il put saisir, portée dans les aigus les plus extrêmes, une envolée de mots sortis tout droit de l'imposante poitrine de Lalah Saïda. La porte s'ouvrit et, calmement, la responsable des cris, en l'occurrence Ihssan, trottina jusqu'à Sese et se planta à sa hauteur.

— Où est mon cadeau ?

— Je ne t'avais pas oubliée, ma chérie, je suis juste rentré tard.

Sese farfouilla dans une de ses poches et en sortit un bonbon.

— Tiens, ma belle, profites-en.

— Merci.

La petite tenait la friandise des deux mains mais ne la débarrassa pas de son emballage tout de suite. En l'observant, elle la faisait doucement tournoyer entre ses doigts. Puis elle leva la tête et demanda :

— Tu es triste parce que ton amie est partie ?

— Oui, Ihssan. Mais c'est la vie, je dois supporter. Mange ton bonbon, ne t'en fais pas pour moi.

— Ihssan, reviens, ici !

La logeuse venait d'apparaître, campée sous le chambranle de sa porte, les mains sur les hanches, les cheveux en bataille.

— Ihssan, arrête d'embêter Sese, viens manger ! Viens aussi, Sese. Tu vas bien, sinon ?

— J'ai déjà mangé, Lalah Saïda.

— Et alors ? Tout seul dans ton coin, comme ces derniers jours ? C'est comme si tu n'avais rien fait. Tu vas maigrir, fais attention. Mange avec nous.

— Merci, grande sœur, mais ça va.

— Je vais envoyer Mounia t'apporter quelque chose, on ne sait jamais, si tu as faim plus tard. Toi, Ihssan, viens ici ! Essaie encore de fuir au lieu de manger et tu vas voir ce que je vais te faire.

La petite rentra en courant. Pas par peur de la menace, mais juste pour laisser à sa mère ses illusions quant à l'étendue de ses prérogatives en tant qu'autorité naturelle.

Sous les rafales de Chergui fouettant les visages avec du sable, Sese en avait eu assez de contempler les étoiles, il rentra. Il n'avait pas abandonné les moustiques de Kinshasa à leur sort pour se farcir ce genre de dérangement nocturne. Assis devant son ordinateur allumé, il réfléchissait à son avenir. Depuis la mort de son amie, le jeune homme se sentait effectivement comme un orphelin. Remonter vers le nord et recommencer une nouvelle intégration ne lui disait rien. Ici, il y avait la famille Bouzid, ses amis, ses points de repère, le pays qui se développait à la vitesse grand V. Ce à quoi Sese pensait depuis un certain temps, c'était aller voir Zahira et se présenter à elle. En tant qu'Africain, il avait honte de ne pas l'avoir déjà fait, de ne pas l'avoir soutenue dans son deuil. De toute façon, il devait y aller, il n'avait pas le choix, il était le seul, en dehors d'Ichrak, à tout savoir des symptômes de sa maladie et aussi un des seuls à être au courant de sa médication et où la trouver.

Cette communication avec Douce Solange l'avait interpellé, aussi. Avant de connaître Ichrak, une idée l'avait poussé vers ses derniers retranchements. Il l'avait toujours chassée mais elle était revenue, tenace. En ce temps-là, un peu désespéré, il avait pensé qu'en faisant venir une de ses amoureuses au Maroc, en vacances, par exemple, il aurait pu facilement en persuader une de l'épouser dans une des mairies de la ville. Ainsi, en manœuvrant comme il fallait, obtenir un visa Schengen et la rejoindre, plus tard, tranquille, grâce à une procédure administrative. Le jeune homme n'ayant toujours pas trouvé le temps d'apprendre à nager, pour éviter l'épreuve de la mer, avait opté pour une solution pragmatique en faisant des concessions. Solange se l'était toujours jouée dure mais, Sese l'avait senti, elle ne pouvait plus se passer de lui et était prête à tout pour se garantir sa compagnie. Avec elle, il aurait pu y avoir des possibilités. Entre-temps, le jeune homme avait évolué et, en y repensant, en avait encore la chair de poule. Dorénavant, plus question de dérive matrimoniale, plus question de se préparer mentalement au coït administratif, le jeune homme comptait entamer des démarches et se régulariser, tout simplement. C'est à ce moment de sa pensée qu'un trille se fit entendre et le pseudo de Douce Solange vint à l'écran comme si les cogitations de Sese engendraient des mises à l'épreuve. Le jeune homme coiffa ses écouteurs, adopta une posture relax, imprima un demi-sourire sur son visage, l'ajusta en un plus radieux, cliqua en même temps sur l'icône à l'intitulé quasi psychanalytique : Accepter. Les lunettes de Solange apparurent instantanément, accompagnées d'un son comme si elle surgissait d'une bulle.

— Mon lapin ! dit-il, sur le ton de quelqu'un à qui on donnerait le bon Dieu sans confession.

IX

HAUTES PRESSIONS

Daoudi était accroupi sur le trottoir, à l'endroit exact où le corps d'Ichrak avait été retrouvé. Il passa un doigt sur le sol et examina longuement la poussière qui y adhérait, comme si elle allait lui révéler une piste, un indice sur lequel baser sa démarche. Il regarda autour de lui. "Rien à rattacher à rien, se plaignit-il en lui-même. Comment boucler un rapport, dans ces conditions ?" Peu de gens circulaient. Tout était immobile, ce qui était perceptible, c'était la présence de Chergui s'engouffrant dans les boyaux des ruelles comme dans un réacteur Série 1000 de chez Rolls Royce. Une augmentation des basses pressions depuis tôt le matin avait rendu l'air plus imprévisible encore. Une bourrasque née on ne sait où surgit, enveloppant Daoudi qui sentit son costume adhérer sur lui avec des vibrations, comme celles faites par un marteau-piqueur. Les pans de sa veste et le bas de son pantalon se mirent à claquer telles des oriflammes de Daesh. Il dut détourner les yeux à cause de la grêle de sable qui suivit et s'abattit sur son visage comme on soufflette de la main ouverte. En attendant une réplique, une petite accalmie s'installa dans le soleil aveuglant.

En dehors du crime crapuleux, Daoudi ne voyait pas quelles pouvaient être les raisons du meurtre. De condition modeste, Ichrak était une fille sans histoires, ou presque ; comment expliquer un égorgement, dans ce cas ? La rue du Poète était calme. Les passants et les quincailliers dans leurs échoppes vaquaient à leurs occupations, comme d'habitude. Le soleil également. Il se réverbérait contre les murs d'acrylique blanche et inondait l'environnement d'une lumière crue. Le commissaire, les yeux plissés, toujours accroupi, se demandait avec quels éléments il allait clôturer son enquête. Il avait depuis longtemps lu le rapport de l'institut médicolégal, et celui-ci ne lui avait rien fourni de significatif. La plaie avait été causée par un objet coupant, vraisemblablement une lame qui ne s'était pas enfoncée profondément mais avait été fatale : la carotide avait été tranchée net. En dehors de cette blessure et des marques dues à sa chute dans l'escalier, la jeune femme ne présentait aucun autre traumatisme.

Daoudi extirpa son téléphone portable de sa poche pour consulter les photos prises quelques semaines auparavant. Il les fit défiler et tomba sur celles qu'il cherchait. Il remonta les marches jusqu'à la rue en surplomb, se déplaça d'une cinquantaine de mètres vers la gauche. Vérifiant sur l'un des clichés, il se retrouva à l'endroit du début des traces de sang. L'image les montrait, éparpillées dans un périmètre restreint. La victime avait-elle tenté d'échapper à son agresseur en se battant avec lui ? Certainement pas, celui-ci l'aurait frappée à nouveau, et il n'en était rien. Ou alors, après avoir reçu le coup, elle aurait comme tournoyé sur place, d'où les projections. Le policier essayait de faire des liens, comme dans le montage d'un film. Revenant sur ses pas, les yeux sur son écran, il s'arrêta à mi-chemin, là où il y avait encore une concentration de taches brunes.

La victime aurait fait, si l'on peut dire, une étape à cet endroit ? Il était étrange de penser à Ichrak en termes de "victime", c'était pourtant bien le cas, même si elle ne parvenait pas à s'effacer de l'esprit de Daoudi. Il émit un grognement pour évacuer la réflexion morbide. Il avança encore, redescendit, revint à l'emplacement où le corps avait été retrouvé à l'aube : l'endroit où, inconsciente, la jeune femme serait tombée et se serait vidée de son sang.

"Pourquoi la mort arrive-t-elle aussi simplement ?" se demandait Mokhtar Daoudi. L'homme était un fervent adepte du mektoub[1], mais la fulgurance avec laquelle la fille était passée de vie à trépas lui laissait un goût d'amertume prononcé, comme dans les cas où l'on est certain que quelque chose ne s'achèvera jamais, quoi que l'on fasse. Dans cette affaire, le policier était soumis à des sentiments contradictoires qui le surprenaient encore. En disparaissant, elle l'avait privé de l'occasion de prendre sa revanche sur ce qu'il pensait être l'humiliation la plus profonde qu'il ait subie de la part d'une femme. Daoudi ne se pardonnait toujours pas sa faiblesse, ce jour-là, dans la cellule, lorsqu'il s'était répandu, par peur, comme un lâche, entre les cuisses d'Ichrak, ne réussissant pas à lui ravir ce qu'il avait convoité si intensément. Il pensait la tenir entre ses mains, c'est lui qui était tombé dans les siennes. Après l'incident, il avait dû supporter son regard méprisant

1. Principe du destin.

195

lorsqu'ils se croisaient dans la rue, ou pire : se voir confronté à son indifférence quand elle passait, souveraine, feignant de ne pas remarquer sa présence. Un chien n'aurait connu de situation plus dégradante. Son insolence était sans bornes. Qui n'aurait souhaité lui faire baisser les yeux de force ? À chaque fois, les affronts qu'elle lui infligeait étaient tels des fers rougis au feu appliqués sur son âme. Pour renverser cette sensation, le salut aurait été de s'imposer à elle tel qu'un homme devrait le faire. Morte, Ichrak le laissait à ses tourments. Mokhtar Daoudi avait espéré un moment que la honte qui l'habitait constamment puisse connaître une sorte de rémission, mais jusqu'à présent les effets tardaient encore à se faire sentir.

Sur un des clichés, son attention fut attirée par un détail au-delà des premières taches brunes. Le commissaire remonta, refit le chemin qu'il venait de parcourir et s'arrêta devant un poteau où était fixée une pancarte annonçant un match qui avait déjà eu lieu entre Wydad et Raja. Le poteau soutenait aussi, ou plutôt avait soutenu, un câble métallique ; le téléphone, sans doute. Vu l'étroitesse de la rue, le poteau avait probablement été percuté par un véhicule, il avait bougé sur son socle de ciment et penchait d'une trentaine de degrés environ. Le policier le saisit et le fit bouger d'une seule main, il tournait fou. Le câble traînait au sol, le long de la voie. Après avoir rangé son smartphone, Mokhtar Daoudi ramassa le fil de cuivre par le bout où il s'était rompu. Il l'examina sur environ un mètre. Autour de lui, des bouts de papiers et des feuilles voletaient mollement, emportés par une nouvelle trombe moins offensive que la précédente. Elle ne désorientait pas, celle-ci, au contraire, elle aida le commissaire à réfléchir, elle l'inspira, même. En tirant le câble d'un côté, lentement, il le fit glisser entre deux doigts jusqu'à son extrémité. Il le tint encore un moment ainsi, puis le lâcha en soupirant.

"Si la mort de cette fille n'est pas la manifestation même du mektoub, moi, Mokhtar Daoudi, je ne vois pas ce que cela pourrait être d'autre, je le jure. Et quand le mektoub s'en mêle, il vaut mieux éviter les vagues."

Se disant cela, sans se presser, il se dirigea vers la Dacia garée non loin.

Depuis deux, trois jours, la pression atmosphérique était passée de quelque 1013 au chiffre exceptionnel de 1054 hectopascals à Casa, ce qui donnait l'impression à beaucoup que Chergui avait baissé d'intensité. Daoudi, d'ailleurs, perçut cela comme un désir d'alliance. Lui qui effaçait jusqu'aux traces de dunes et d'oasis dans le Sahara saurait bien comment se débarrasser des souvenirs qui, sans relâche, torturent et fustigent le cœur des êtres. Mokhtar Daoudi ne se remettait pas de l'événement de la cellule avec Ichrak. Surtout parce que, malgré l'éblouissement qui l'avait propulsé vers la plénitude, subsistait en lui une honte latente et tenace : il n'avait pas été à la hauteur de ce qu'il pensait être. Il avait imaginé posséder la jeune fille mais, lorsqu'il avait cru s'en emparer, rien au monde n'aurait pu retenir le foutre jaillissant de sa verge et ce long gémissement qu'il avait émis juste au moment où il avait effleuré les lèvres du paradis. Daoudi n'oublierait jamais le mouvement de recul et ce rictus de dédain qu'avait eu la femme pendant que le bas de son corps, affalé sur elle, se vidait encore par spasmes. Elle s'était dégagée de la masse qui l'écrasait, s'était levée de la banquette du cachot des gardes à vue sur laquelle avait eu lieu l'acte, et avait rabaissé sa robe que l'homme avait relevée à hauteur des hanches. Elle avait ramassé sa pochette de cuir, balayée de la main peu avant, l'avait ouverte, en avait tiré un mouchoir en papier. Posément, elle s'était frotté l'intérieur de la cuisse puis avait examiné le résultat. Elle s'était ensuite rajustée en toisant Mokhtar Daoudi, lui avait jeté le mouchoir.

— Tu ne m'as rien pris, vérifie, tout est là.

Daoudi avait détourné les yeux.

— Regarde bien, n'aie pas peur. Tu es comme un chien, mais même un chien n'aurait pas fait comme tu viens de le faire. Ça, tu peux le garder, dit-elle en pointant le petit tas de dentelle noire que le policier avait arraché et jeté au sol. Tu es pitoyable, Mokhtar, tu l'as déchiré pour rien.

Le visage impavide, elle s'était dirigée vers la porte que Daoudi n'avait pas eu la présence d'esprit de fermer. Assis sur la banquette, sonné, il savait aussi bien qu'elle qu'il n'y avait rien eu, sauf ce qui poissait le chiffon de papier : un peu de sperme froid recueilli sur le haut de la cuisse. Son plaisir l'avait dépassé et submergé avant même qu'il n'ait réussi à la prendre, comme il l'avait si ardemment désiré et de façon si impérative, pourtant.

*

Assise dans le bureau de Mokhtar Daoudi, Zahira observait la bouche du commissaire articuler les résultats de l'enquête sur la mort de sa fille mais elle n'entendait plus rien, son cerveau venait d'entrer en ébullition. Elle se demandait pourquoi cet homme insistait pour parler alors qu'aucun son ne lui parvenait. Quand elle prit conscience de ce silence particulier, son audition sembla revenir, une espèce de borborygme lui annonçait qu'après une enquête difficile, les conclusions qui s'étaient dégagées indiquaient que ce drame n'était que le fruit du hasard : Ichrak était passée au mauvais endroit au mauvais moment, il s'agissait d'un regrettable accident. Dans la première partie de son discours, le policier avait évoqué une tempête de sable, un match Raja contre Wydad, un poteau qui ne tenait plus, une histoire de câble qui casse, et ce fouet, la nuit, qui tranche la gorge des jeunes femmes. Tout se brouillait dans le cerveau de Zahira.

— Vous devez accepter, Hadja, les accidents, cela arrive tout le temps. Signez ici.

— Accepter ? s'insurgea Zahira. Accepter quoi ?

La répétition du mot "accident" était plus qu'elle ne pouvait endurer. Elle se leva d'un bond, de toute sa masse, et commença à hurler :

— Vous avez tué Ichrak ! Vous m'avez tuée ! Mais regarde, je ne suis pas complètement morte. Achève-moi, si tu en as le courage. Lâche ! Vous n'êtes que des lâches, tous ! Achève-moi ! Qu'est-ce que tu attends ?

Réellement dans la démence maintenant, Zahira commença à arracher ses vêtements en glapissant des malédictions à l'intention de Daoudi et de tous les hommes qui peuplent la terre, ainsi que les pères, les frères, les oncles qui l'avaient trahie et n'avaient pas su la défendre. Le commissaire était totalement dépassé. Il était debout lui aussi et criait pour appeler ses hommes, pour qu'ils emmènent cette folle. La porte s'ouvrit et quatre policiers, dont Choukri, déboulèrent.

— Il faut toujours que vous veniez à quatre ? Venez m'achever ! Vingt-neuf ans ! Vingt-neuf ans et je suis toujours là ! Vous avez tué ma fille ! Elle avait reçu son nom pour effacer cette nuit. Ichrak était mon unique lumière et vous me l'avez enlevée. Elle pleurait comme une enfant. Les policiers saisirent Zahira par tout ce qu'ils pouvaient. Sa corpulence et sa rage leur donnèrent beaucoup de mal, la casquette de Choukri vola à terre. Elle se débattait, essayant de se jeter au sol. Pour la sortir, ils durent presque la porter, comme un poids mort, ou plutôt un corps agonisant dont les membres trépigneraient encore.

— Tuez-moi ! criait-elle. Tuez-moi comme le 'ouad l'a fait cette nuit-là. Al-ouad, je te maudis ! Maudit sois-tu !

Alors, la folle se mit à chanter :

La ana addi ech-chouq
Wi layali ech-chouq
Wa la albi addi azabou, azabou
Tol omri ba'oul...

Tout en continuant à maltraiter ses vêtements et à essayer de se libérer de la poigne des hommes, Zahira venait d'entonner les paroles de *Seret El Hob*, cet hymne à l'amour d'Oum Kalthoum qui la bouleversait tellement jadis, et qui avait concouru à creuser sa tombe dans une cour du côté de Bab Marrakech. Depuis, cette tombe attend sa dépouille qui ne vient pas. Daoudi, quant à lui, ne hurlait plus car les mots sortant de la bouche de Zahira l'avaient fait se rasseoir, sidéré, sur son siège de fonction et l'avaient obligé à réfléchir. Notamment au secret entourant la naissance d'Ichrak, à l'identité de celui qui féconda sa mère, à celui qui déposa sa semence en elle. Durant la lutte qui eut lieu, le policier avait entendu ce que la femme braillait, il avait aussi eu le temps d'entrevoir un tatouage indigo représentant une lune et deux croissants imprimé sur l'arrondi de l'épaule de la femme. Le souvenir de sa mâchoire serrée sur du bleu et la chair palpitante d'une inconnue lui était brutalement revenu à l'esprit.

La pièce vidée du tumulte, Daoudi se retrouva face à ce jeune policier, qui, vingt-neuf ans auparavant, jouait si bien du oud, et dont la dextérité attirait les belles jusqu'au corps de garde d'un bâtiment officiel tel un puissant talisman. "Je te maudis, Al-ouad ! Al-ouad !", entendait-on encore, de derrière les murs, telle une sentence. L'expérience douloureuse des fers rougis sur son âme était son ultime épreuve, avait cru ingénument Mokhtar Daoudi. Devant son bureau, il était maintenant conscient que les flammes – comme attisées par des jnouns[1] – qui, déjà, avaient commencé à s'emparer de lui n'arriveraient pas à le consumer totalement, il en était sûr, et dans ce cas, cela pouvait durer l'éternité. Chergui ne lui avait accordé qu'une faveur négligeable en lui donnant l'illusion d'une alliance. Son orgueil lui avait fait croire à un privilège comme un fil sans fin, comme les jarres du

1. "Démons", "esprits".

paradis que jamais l'on ne peut épuiser. L'éternité appartient à la mort, elle appartient au vent du désert. Comment des entités pareilles pourraient-elles conclure un pacte avec celui qui est moins qu'un chien ? Daoudi laissa de côté cette interrogation pour le moment car il avait fort à faire : les jnouns qui attisaient des braises dans sa cage thoracique l'obligeaient aussi à déployer des efforts inouïs pour juguler le hurlement qui se pressait à sa gorge comme un torrent de feu et qui lui faisait mal à s'en arracher la poitrine. À défaut de ne pouvoir accomplir cela, qu'au moins le cri puisse l'étouffer jusqu'au bout, pour en finir, et que ça s'arrête.

*

Après les événements de Casablanca, de 1054, la pression atmosphérique redescendit jusque vers les 1013 hectopascals sur la ville, et les conditions se rétablirent au niveau de la masse d'air. Chergui avait maintenant toutes les possibilités de mener une action décisive pour faire mouvement. Il ne s'était que trop attardé sur la ville. La population, déjà soumise à rude épreuve, ne tiendrait plus longtemps et nul ne savait ce qu'il pouvait encore advenir. On avait constaté une augmentation fulgurante du nombre de femmes frappées d'hystérie à Bourgogne, Ain Chock et Sbata. Le pourcentage d'hommes ayant pété les plombs avait bouleversé les statistiques dans toutes les zones mais surtout à Mohammadia et Sidi Moumen. Malgré ces constats alarmants, le quartier Derb Taliane restait celui ayant payé le tribut le plus lourd depuis que le vent venu du Sahara avait été piégé et contraint de tournoyer au-dessus de la métropole. Après les morts tragiques d'Ichrak et de l'ami d'Abdoulaye, à quoi pouvait-on encore s'attendre ?

Dans l'Atlantique et la stratosphère, les forces menées par le Changement climatique et le Gulf Stream avaient faibli depuis que Chergui et ses alliés du sud avaient fait jonction à l'est de l'anticyclone des Açores. Ces derniers enclenchèrent des attaques pour déplacer la zone de basses pressions stagnant au-dessus de Casa et la diriger vers la Méditerranée afin de créer un appel d'air suffisant pour que Chergui s'en serve comme d'un tremplin lui permettant de franchir le détroit de Gibraltar. La mère de toutes les batailles avait débuté. Entre-temps venu du sud, le courant de Benguela poursuivait son offensive sans merci aux abords des côtes d'Afrique, appuyé en cela par les alizés du sud-est. À cause des cyclones meurtriers sévissant sur les États-Unis d'Amérique, le Changement climatique avait perdu beaucoup de sa puissance dans la région, contraint par Chergui et ses alliés de concentrer ses forces uniquement sur le Texas, la Floride, La Nouvelle-Orléans. Le Gulf Stream, cerné par les courants d'Angola, du Nord-équatorial et des Canaries, dut poursuivre sa route et se diriger lui aussi vers les States, ce qui décupla le désastre là-bas. À ce moment, Chergui assuma le risque de sacrifier la population de Casa sous une chaleur avoisinant les 45 degrés centigrades. Pour espérer une situation de basse pression sur la Méditerranée, il fallait favoriser une augmentation brusque de la pression atmosphérique sur la ville. Les efforts des alizés du sud-est étaient loin de suffire ; on sollicita les vents de la région, Bech, Levanter et Vendavel, qui se liguèrent pour fournir à Chergui comme un tapis volant, qu'il puisse se propulser enfin vers Gibraltar, les côtes de la Méditerranée, et accomplir en tant que Sirocco sa destinée consistant à balayer les Baléares, le Languedoc, Corsica, la Sicile, la Sardaigne et jusqu'aux confins des terres de Grèce.

Casa se remettait des perturbations de ces derniers jours mais, à Derb Taliane, l'ombre d'Ichrak était encore présente. Au quartier Cuba, son souvenir restait vivace, il consumait les chairs rue Souss, envahissait les esprits boulevard Sour-J'did. Ainsi, l'éternité s'exprimait et la voix métallique du muezzin, portée par les vents de l'Atlantique, rappelait à tous que l'infini n'appartient ni aux chiens ni aux hommes, il est l'apanage des âmes, seules. Qui oserait nier cela ? Personne. Pas, en tout cas, dans la ville de Casablanca, que l'on nomme aussi ad-Dar al Bayda'.